인생의 숲을
거닐다

인생의 숲을 거닐다

초판 1쇄 인쇄 _ 2017년 12월 15일
초판 1쇄 발행 _ 2017년 12월 20일

지은이 _ 한지연

펴낸곳 _ 바이북스
펴낸이 _ 윤옥초
편집팀 _ 김태윤
디자인팀 _ 이정은, 이민영

ISBN _ 979-11-5877-039-6 03810

등록 _ 2005. 7. 12 | 제 313-2005-000148호

서울시 영등포구 선유로49길 23 아이에스비즈타워2차 1005호
편집 02)333-0812 | **마케팅** 02)333-9918 | **팩스** 02)333-9960
이메일 postmaster@bybooks.co.kr
홈페이지 www.bybooks.co.kr

책값은 뒤표지에 있습니다.

책으로 아름다운 세상을 만듭니다. ─ 바이북스

아픔과 상처가 회복되는
정신장애 자녀를 둔 가족의 생애사

인생의 숲을 거닐다

• 한지연 지음 •

바이북스
ByBooks

진솔한 경험을 담다

손 광 훈

후설Edmund Husserl의 초월론적 현상학Transcendental phenomenology에서 후설은 우리의 삶의 세계Lebenswelt, 생활세계가 어떻게 구성되어지고 그러한 삶의 세계에 대한 의미의 일반적인 구조를 이해하기 위해 찾아야만 하는 "어떤 현상에 대한 구조"나 "현상의 많은 다양한 현상을 통하는 공통성"을 식별할 수 있기 위해 세상에 관한 우리의 고지식한 습관적인 예측을 멈추거나 "괄호로 묶어bracket"야만 한다(Valle & Halling, 1989: 14)고 하였습니다. 후설은 이런 종류의 조사가 "초월론적 주관성"의 "자기 객관화self-objectification"로써 인간성 자체와 삶의 세계를 인식하도록 우리를 이끌 수 있다고 믿었습니다(Robbins, Chatterjee, & Canda, 2012: 324-325).

19세기 말부터 현재까지 구조주의자와 반구조주의자 간의 논쟁

경성대학교 사회복지학과 교수, 부산남구종합사회복지관 2대 관장
부산광역시 · 부산광역시장애인종합복지관 장애인복지보급사업 자문위원

은 아직까지도 지속되고 있습니다. 양적이고 실증주의적 패러다임과 질적이고 구성주의적 패러다임 간의 현실의 본질을 보면, 양적·실증주의적 현실은 유일하고 명백하며, 여기저기 흩어져 있지만, 질적·구성주의적 현실은 복합적이고 구조화되어 있으며, 전체적입니다. 실증주의와 구성주의 방법들 간에 가치의 역할을 보면, 양적 패러다임은 연구에 있어서 가치중립적이만, 질적 패러다임은 연구에 있어서 가치와 관련이 있습니다.

《인생의 숲을 거닐다 : 아픔과 상처가 회복되는 정신장애 자녀를 둔 가족의 생애사》를 읽으면서 저자인 한지연 사회복지사의 생애사 또한 확인할 수 있었습니다. 저자 자신에 대한 삶의 세계를 통해 자기-객관화를 하였고 그를 바탕으로 정신장애 자녀를 둔 가족의 개별 사례를 제시하는 일반화의 가능성을 확보하기 위한 노력을 높게 평가합니다.

사회복지는 소비자(이용자)들이 갖고 오는 어려움이나 문제를 사회복지사가 받아서 자신의 지식, 경험, 체험 등을 결합하고 개입하여 소비자가 자신의 어려움이나 문제를 해결할 수 있도록 원조하는 전문직입니다. 또한 사회복지를 수행하는 사회복지사는 자신이 도구이자 자신의 지식, 경험, 체험 등이 소비자를 변화시키는 기재changing agent로써 활용됩니다. 따라서 모든 사회복지사들의 개입에 타당성과 신뢰성을 확보하는 데 중요한 역할을 하기 때문에,

다양한 사람들을 변화시키는 이러한 변화 기재를 점검하는 것은 필히 검토될 필요가 있으며, 정기적으로 점검할 필요가 있습니다.

송국클럽하우스 정신건강 사회복지사로서 근무하며 클럽회원과 그들을 둘러싸고 있는 사람들을 만나면서 갖게 되는 경험을 진솔하게 담고 있는 원고를 읽으면서, 질적 방법론을 활용한 글쓰기 절차를 잘 제시해 주는 《인생의 숲을 거닐다》 작품을 추천하며, 사회복지계에 널리 보급되어 활용되어지기 바랍니다.

2017. 11. 12

손 광 훈

영혼을 살리는 삶

김지숙

나는 2009년 가을 어느 날 '아주 특별한 대화'라는 제목으로 송국클럽하우스에서 강의한 날을 잊지 못합니다. 회원들과 회원가족 등 30~40명이 모인 강의 중간에 핸드폰 벨소리가 들렸고, 폰 주인은 놀라서 전화를 받았는데 금방 끊을 전화가 아니었던지 통화를 계속하는 회원에게 모두의 시선이 집중되었습니다. 나는 잠시 강의를 멈추고 때로 한 사람이 지구의 무게만큼이나 존중받을 필요가 있지 않겠느냐고 통화를 편안하게 할 수 있게 모두가 기다려주자는 제의를 하였습니다. 그 후 강의 분위기에서 느낄 수 있는 따뜻함과 집중력은 어느 강의 집단에 비할 바가 아니었습니다. 송국클럽하우스 회원과 가족만이 만들어낼 수 있는 일이었다고 생각합니다. 그 날의 감동으로 나는 송국클럽하우스에서 요청하는 어떤 일도 기꺼이 하리라 마음먹었습니다.

김해아동청소년가족상담소장, 창원지방법원 이혼상담위원

그 후 한지연 과장이 맡고 있는 가족회복 프로그램에 4년 동안 강사로 참여하면서 서로 믿고 존중하고 함께하는 송국클럽하우스의 가치가 실천되는 현장을 가까이 느낄 수 있었지만 이렇게 자신의 삶을 열어 회원과 함께 성장하는 과정이 책이 되어 나올 것이라고는 생각지 못했습니다.

정신장애 자녀를 둔 어머니들의 고통과 아픔을 함께하면서 자신의 과거와 마주할 용기를 얻고, 내면의 빗장을 열어 꺼내기 힘든 상처와 아픔의 시간을 통해 자신이 소중한 존재라는 것을 알아가는 한지연 과장의 여정은 도움을 주는 사람과 도움을 받는 사람이 따로 있는 게 아니라는 지극히 자연스런 관계임을 깨닫게 하였습니다.

또한 어느 날 갑자기 자녀의 발병으로 많은 것을 잃어버린 상실의 세월을 그 자녀와 함께 씨름하면서 돌보아온 여섯 분의 어머니들의 힘겨운 삶의 단면을 진솔하게 엮어놓은 글은 한지연 과장이 내면작업을 통해 자신을 성찰하는 용기와 실천 없이는 나올 수 없었을 것입니다. 어느 누구도 상대가 열지 않는 내면의 빗장을 향해 자신의 내면의 빗장을 열 사람은 없기 때문입니다.

이 책을 통해 송국클럽하우스가 돕는 복지사와 도움을 받는 정신장애인의 경계를 허물고 함께 성장하는 공동체임을 다시 한번 일깨워주었습니다.

한 영혼을 살리는 삶을 살고자 다짐하고 10년이 넘는 시간을 주어진 책임을 다한 한지연 과장, 자녀의 특별한 영혼을 보살피느라 수많은 시간을 애써온 어머니들의 지극함에 마음으로부터 박수를 보냅니다.

2017. 12. 2

김지숙

Chapter 1
숲, 나를 찾다

Chapter 2
숲, 생명을 품다

인생의 숲에는 두 가지의 길이 있다. 모든 삶 속에 어떠한 기적도 없다고 생각하는 길, 살아가는 매 순간 마법과 같은 기적을 기대하는 길이 있다. 기적을 바라지 않는다면 기대할 것도 배울 것도 없다.

하지만 마법이 일어난다고 생각할 때 우리는 삶을 통해 많은 것을 얻는다. 기쁨과 슬픔을 온몸으로 느끼고, 고통과 절망 속에 기다림과 인내를 배운다. 때론 용서와 사랑을 통해 희망과 용기를 얻는다. 인생의 숲을 걸으며 우리가 발견하는 진정한 가치는 '생명', '희망', '용기'이다.

우리가 인생에서 겪는 크고 작은 경험들은 모두 각자의 삶의 자양분이 되어 아름다운 꽃을 피우고 열매를 맺는다. 꽃이 얼마나 화려한지 향기가 진한지, 열매의 빛깔과 모양이 어떤지는 중요하지 않다.

꽃과 열매라는 존재만으로 아름다울 수 있는 것이 우리의 삶이다. 우리가 살아온 모든 시간은 그 어느 것 하나 소중하지 않은 것이 없다. 그것은 누구도 겪지 못한 단 한 번뿐인 인생이기 때문이다.

　나도 그랬다. 서른이 되었을 때만 해도 느끼지 못했던 감정이 서른 중반이 되니 새롭게 다가와 깊어졌다. 무언가 알 수 없는 것들이 마음속에서 소용돌이치며 일렁였다.

　이전에는 거울 속에 비친 나의 겉모습에만 신경을 썼다. 그러다 삶을 마주하면서 진정한 나의 모습에 귀를 기울이기 시작했다. 나를 들여다보는 일은 결코 쉬운 일이 아니었다. 솔직히 말하면 그것을 바라보는 것이 두려웠다. 내가 누구인지를 알고 내가 걸어온 길을 되돌아본다는 것은 용기가 필요하기 때문이다.

　4년 전 나는 정신장애를 가진 자녀를 둔 어머니들을 만났다. 그들이 풀어내는 이야기는 삶을 단순히 시간과 숫자가 아닌 여정으로 이끌어주었다.

　그리고 그들의 걸어온 삶은 나에게 인생의 숲처럼 다가왔다. 모든 것에는 존재의 이유가 있듯이 그들과 함께한 시간 속에서 이전에는 깨닫지 못했던 나무 한 그루, 꽃 한 송이의 소중함을 발견하게 되었다.

마치 마법처럼 누가 언제 심었는지 알 수 없는 그곳에 잎이 나고 꽃이 피고 열매가 맺힌다. 그리고 열매는 또 다른 생명을 품는다. 이러한 자연은 우리가 관계 맺고 살아가는 삶의 모습과도 같다. 내가 태어났던 곳, 내가 자라던 곳, 내가 처음 사랑받았던 그 자리, 사랑하는 사람들을 통해 우리는 태어난다. 그리고 많은 관계 속에서 꽃을 피우고 열매를 맺는다. 날 때가 있으면 떨어질 때도 있음을 진정으로 깨우칠 때 우리는 사계四季가 만들어내는 자연 속에 진정한 삶을 배우게 된다.

《인생의 숲을 거닐다》는 삶을 살아가면서 자신만의 아픔과 상처를 회복해가는 이야기다. 그러기에 이 책은 누군가의 마음속에 남겨질 삶의 결이 될 수도 있고 땅 속에 숨겨진 씨앗, 깊은 바다 속 진주를 발견하는 시간이 될 수 있다.

1부 〈숲, 나를 찾다〉는 사회복지사로의 자신의 정체성을 찾아 가는 여정, 2부 〈숲, 생명을 품다〉는 정신장애 자녀를 둔 어머니 들이 살아온 삶을 풀어냈다. 이 길을 함께 걸으며 마음속 깊은 곳 에서 일어나는 고요함과 청량함이 당신의 마음에 위로와 힘이 되 길 바란다.

2017년 10월 햇살 좋은 날, 숲을 걸으며

한 지 연

• • •

숲, 나를 찾는 시간을 통해 삶을 돌아보게 되었다. 인생은 진짜 자신을 찾아가는 여정이다. 그러기에 내 안에 잠재되어 있는 아름다움의 씨앗을 찾아내어 잘 가꾸는 것이 살아가면서 할 수 있는 최선의 일이라 생각한다. 내가 나를 '나답게' 만드는 것. 그리고 내가 타인을 '있는 그대로' 바라보는 것이 진정 행복의 첫 걸음이다.

'있는 그대로 바라보는 것', 그것은 가장 어렵고도 쉬운 일이다.

Chapter 1

숲, 나를 찾다

01
삶을 배우다

　사회복지에 입문한 지 올해로 12년째다. 나는 사람들의 마음을 돌보는 일을 하고 있다. 하지만 원래 어릴 적 나의 꿈은 심리상담 사였다. 고등학교 시절 알게 된 교회 사모님이 상담사였는데 사람들에게 늘 힘이 되어주는 모습이 참 좋아보였기 때문이다. 그때 누군가를 위해 내 삶을 나눌 수 있는 것은 멋진 일이라 생각하며 그 모습을 닮기 위해 노력했다.

　그렇게 사회복지사의 길을 선택했고 그중에서도 조금 더 상담과 가까운 정신건강사회복지사가 되어 정신장애인을 위한 일을 하게 되었다. 사회복지는 사람이 사람답게 살아가기 위해 필요한 학문이다. 사람을 돕는 일이다 보니 개인에 초점을 두기도 하지만 사회복지에서는 좀 더 넓은 사회적 맥락에서 이해하는 것을 중요하게 생각한다. 환경 속의 인간을 이해하고 그 가운데 많은 관계와 자원을 지원하는 것이 이 학문이 존재하는 이유이다. 그리고 나는 '영혼을 살리는 삶을 살자'는 사명을 가지며 정신장애인과 함께 일하고 있다.

회원과 직원이 파트너로 함께 일하는 클럽하우스(1944년 미국 뉴욕에서 정신장애인 10명으로 형성된 자조모임 WANA We Are Not Alone가 전신이며, 지역사회재활모델의 하나로 약 30개국에 300여 개의 클럽하우스가 있다.)에서는 정신 장애인을 회원member, 사회복지사를 직원staff으로 부르며 서로를 존중한다. 그리고 클럽하우스의 모든 일을 함께하며 의미 있는 관계를 통해 같은 꿈을 꾸며 나아간다. 그 꿈은 정신장애인의 삶이 회복되고 나아가 그들이 지역사회에서 건강하게 살아가는 것이다.

씨를 심다

클럽하우스에 입사 후 3년간은 정신장애인의 지역사회재활을 위한 씨앗을 심었다. 처음 내가 맡았던 부서는 식품부였다. 클럽하우스의 회원들과 직원들의 식사지원, 내부 스낵바를 운영하는 일이 주 업무였다. 식사 준비를 위해 장을 보고 식재료를 다듬고 주방지원과 설거지를 하면서 맛있는 점심을 만들었다. 오전과 오후 토스트와 계란, 라면, 커피, 계절 메뉴(팥빙수, 호빵)를 판매하고 필요물품을 채워 넣으며, 그날 그날의 수입과 지출을 기록하는 일로 하루가 마감되었다. 매일매일이 너무 짧다는 생각이 들 정도로 분주하게 일을 했다. 그때는 일에 깊은 의미를 담았다기보다 회원들과 다양한 새로운 경험을 한다는 것이 즐겁고 흥미로웠다.

하지만 내가 사회복지사인지, 영양사인지, 주방 이모인지 정체성이 가끔 혼란스러울 때도 있었다. '내가 이러려고 사회복지를 한 것은 아닌데…'라는 생각에 이 일을 오래는 못하겠다고 생각하기도 했다. 하지만 부서의 모든 업무를 회원들과 함께하는 과정에서 회원들이 어떻게 이곳에 오게 되었는지, 또 어떻게 살아왔는지에 귀 기울이게 되었다. 그리고 무엇보다 그들과 함께하는 하루가 즐거웠다.

싹이 트다

4년차가 되면서 클럽하우스에서 일의 의미를 점점 깨닫게 되었다. 사무행정부로 부서가 바뀌면서 컴퓨터를 통해 기관의 소식지를 만들고 편집하는 일을 맡게 되었다. 기본적인 편집과 워드만으로는 소식지를 만들기가 어려웠기에 저녁에 따로 학원을 등록해서 컴퓨터 활용기술을 배우기 시작했다. 그리고 부족한 컴퓨터 실력이지만 회원들과 함께 더듬더듬 자판을 두드리며 한 달 동안 열심히 소식지를 만들었다. 기획부터 제작, 출판에 이르기까지 모든 것이 회원들과 함께 만들어지는 과정에 성취감을 느꼈다.

누가 누구를 가르치는 것이 아니라 회원과 직원이 파트너로 서로를 도우면서 클럽하우스에 필요한 일을 해나가는 과정이 성장을 이끈다는 것을 실감했다. '아! 정말 가능하구나', '못하는 것이 아니라 안 한 것 이었구나'라는 생각과 함께 땅 속에 숨어 있던 씨앗에서 수줍게 솟아오른 싹을 보았다.

그 후 나는 클럽하우스 모델의 가치를 매우 중요하게 여기게 되었다. 서로 믿고 존중하고 함께하는 것, 그것이 진정 사람을 변화시킬 수 있는 마력과 같은 것을 깨닫게 되었다. 이들이 가진 병은 삶의 일부일 뿐 병으로 그 사람의 재능과 가능성을 보지 못한다는 것이 얼마나 안타까운 일인지를 알게 되었다. 가장 중요한 것은 자신에 대한 믿음이고 나아가 주변의 지지와 신뢰가 그들의 회복을 이끌 수 있다는 것을 알게 되었다.

잎이 나다

장애를 가진다는 것은 누구도 원치 않는 삶일 것이다. 그것도 태어날 때부터 장애가 아니라 후천적인 장애를 가진다면 자신에게 일어난 삶의 변화를 받아들이는 데 더욱 많은 시간이 필요하다.

내가 만난 정신장애인은 대부분 갑자기 20대 후반에 조현증, 우울증, 조울증으로 정신적인 어려움을 겪게 되었고, 그로 인해 삶의 많은 기회를 잃고 지역에서 소외감을 겪고 있는 경우가 많다. 우리

사회에서는 대부분 정신장애인을 위험한 존재 혹은 예비 범죄자와 같은 이미지로 떠올리는 경우가 많다. 하지만 실제로 이분들과 진지한 만남을 조금이라도 가져본다면 얼마나 가슴이 따뜻하고 순수한 사람들인지 느끼게 될 것이다.

이들은 대부분 성장과정에서 겪은 상처와 아픔을 내면으로 숨기고 표현하지 못해 생긴 마음의 병을 가지고 있다. 그러기에 대부분 10대 후반에서 20대 초에 병이 발병되는 경우가 많고 경우에 따라서는 30대에도 발병하기도 한다. 결국 스트레스와 불안, 두려움이라는 증상이 망상, 환청으로 드러나는 양성증상과 고립, 사회적 철퇴, 둔마의 음성증상으로 인해 일상생활의 어려움을 겪게 되는 후천적인 장애이다. 2016년 정신질환 실태 역학조사에 따르면 정신질환은 성인 10명 중 4명이 걸리는 흔한 질병이라고 보고된다. 하지만 대부분의 사람들은 정신질환을 특별한 사람이 걸리거나, 예비 범죄자로 오해하고 있는 경우가 많다.

6년차가 되면서 나는 우리 사회의 정신장애에 대한 인식의 변화가 무엇보다 중요하다는 생각을 했고, 더 이상 장애를 개인의 문제로 바라보고 방치하기보다는 사회의 인식을 변화시켜야 한다는 것을 절실히 깨달았다. 또 이 문제를 해결하기 위해 중요한 것은 정신장애인 스스로 자신의 목소리를 내며 사회에 당당히 자신을 드러내는 것에서부터 시작된다고 생각했다.

2012년 인문학 사업을 처음 시작한 것도 정신장애인이 자신의 힘을 발견하고 사회에 당당히 나아갈 수 있게 하기 위한 목적이었다. 문학에는 편견이 없기에 자신의 솔직한 감정을 시와 수필로 써서 사람들과 소통하고 나누는 과정이 오히려 정신장애인 스스로에게 힘이 되고 사회인식의 변화에 도움이 될 거라 생각했다.

'세상에 외치는 소리'라는 이름으로 정신장애인 문예활동가를 만들어냈고 정신장애인들이 엮어낸 시집《비상구》를 부산시 정신재활시설과 4기관과 연합하여 발간해 사람들에게 큰 감동과 울림을 주었다. 또 시낭송이나 발표회 혹은 강연에 초청 기회를 마련하여 그들에게도 사회적으로 기여할 수 있는 역할이 있다는 사실을 깨닫게 해주었다. 이런 시간 속에서 그들은 자신의 삶을 회복해갔고, 이제는 자신의 경험을 당당히 이야기할 수 있게 되었다.

꽃이 피다

10년차가 되면서 사람이 가진 강점과 가능성을 발견하고 삶을 건강하게 살아갈 수 있도록 하는 것이 내가 진정 바라고 꿈꿔왔던 일임을 깨닫게 되었다. 일에 대한 감사와 행복감은 더욱 커졌다. 또한 정신장애인의 삶을 거드는 일뿐만 아니라 가족의 삶까지도 깊은 관심을 가지게 되었다. 현장에서 일을 하면서 안타까웠던 부분이 가족이 정신장애인의 가장 큰 지지체계임에도 불구하고 정신장애 가족들의 힘이 너무 약하고 지쳐 있다는 생각이 들었기 때문이다.

가정방문을 통해 만난 어머니들이 털어놓는 속마음을 듣다 보면 속이 시커멓게 타 들어간다는 것이 무슨 의미인지 느낄 수 있다. 이전에 건강했던 자녀로 되돌아갔으면 하는 바람과 기대, 혹여나 재발이라도 될까 봐 마음 졸이며 바라보는 부모의 심정은 당사자가 아니면 느끼지 못한다. 시간이 지나면서 어머니들은 "모든 것을 내려놓으니 조금 살 만하다"라는 득도의 이야기를 꺼낸다. 그 속에는 정신장애인 가족으로 살아온 삶의 무게를 짐작해볼 수 있다.

어머니들을 직접 찾아뵙고 만남을 가지면서 나는 그동안 가족의 입장을 너무 한정된 범위에서 이해하고 있었음에 부끄러웠다. 정신장애인 자녀를 둔 어머니들과의 만남이 거듭될수록 어머니들의 삶에 더 귀 기울이게 되었고 그들이 들려주는 삶의 이야기에 마음이 이끌렸다. "내가 죽고 나면 어떡하나", "단 하루라도 내가 더 살 수 있다면"이라는 자녀에 대한 부담과 걱정으로 잠 못 이루는 어머니를 보며 어떤 것으로 도움을 드려야 할지 고민했다.

그리고 어머니들의 삶에도 회복이 중요함을 인식하고 2014년부터 어머니들과의 만남을 이어가게 되었다. '30년 만의 휴식, 그리고 새로운 출발'이라는 가족사업을 기획하여 어머니들의 삶의 회복력을 통해 자녀와 가족이 건강한 삶을 살아갈 수 있도록 프로그램을 진행하게 되었다. 정신장애인 자녀를 둔 많은 어머니들을 만나 그들의 삶의 긴 여정을 함께 걸으며 어느새 내 마음에도 꽃이 피기 시작했다. 어머니들이 들려주는 그동안의 삶은 고통과 아픔

속에 피어난 꽃이었다. 그리고 어머니들을 통해 내 속에 감춰둔 과거를 마주할 용기가 생기기 시작했다. 어쩌면 어머니들을 만나지 못했다면 나는 여전히 나의 내면에 갇혀 지금도 여전히 힘들어하고 있었을 것이다.

30년 만의 휴식 그리고 새로운 도전

"깊은 행복과 만족은 자기 자신을 아는 데 있다. 인간은 자신을 알고, 이해하고, 성숙해지면서 거기에서 오는 만족과 행복을 누리는 존재이다. 자신을 깊이 이해할수록 인간은 편하고 자유로워진다."

이무석은 그대로의 자기를 바라보고 누릴 수 있을 때 비로소 30년 만의 휴식을 맛볼 수 있게 된다고 한다.

나에게 있어 진정 나를 찾기 위한 휴식이 있었던가,라는 생각을 해보았다. 늘 바쁜 업무 속에서 사업을 기획하고 진행하며 하루가 한 달이 되고 한 해가 되어 이제는 이곳에서 일한 지도 열 손가락이 넘는 세월이 흘렀다. 많은 시간을 뒤돌아보니 나에게 있어 진정한 휴식은 송국클럽하우스에서 함께한 많은 사람들과의 만남이었고 그 가운데 진정한 나의 삶의 휴식과 행복을 찾게 해준 가족사업을 소개하고자 한다.

3년 전 나는 유숙 소장님의 추천으로《30년 만의 휴식》이란 책을 읽게 되었다. 처음에는 제목이 좋아서 읽게 되었는데 읽다보니 내 속에 깊이 감추어놓았던 내면아이, 그리고 웅어리진 상처와 갈등이 나의 아픈 곳을 건드렸다. 그때는 아픈 상처와 마주하기가 힘들어 피하고자 하였으나 시간이 지나면서 조금씩 나 자신을 마주할 용기가 생겼고 나 자신을 이해하는 것이 곧 진정한 나와 타인을 사랑하는 것이란 걸을 깨닫게 되었다.

　정신보건 실천현장에서 일하면서 대상관계, 정신역동에 대한 상담지식과 기술을 알아 타인의 문제에는 좋은 방법을 제시해주었으나 진정 나의 문제에는 눈과 귀가 어두워져 있었다. '중이 제 머리 못 깎는다'는 말처럼 실천현장에서 가장 어려운 부분이 상담자 자신의 문제를 발견하고 자신의 부족함을 온전히 받아들이는 과정이 아닐까 싶다. 지금도 나는 계속 나를 찾아 떠나는 여행을 하고 있다. 그 여행의 첫 시작점에서 나는 나의 내면의 갈등 원인이 가족이었음을 알게 되었고 이후 가족상담, 가족심리, 가족탄력성에 관심을 갖고 관련 책과 공부를 하기 시작했다. 개인이 성장하기 위한 가장 중요한 일차적 환경이 가족이기에, 가족이 건강하기 위해서는 각 구성원이 건강하게 살아갈 힘이 있어야 함을 알게 되었다.

　인간은 불완전한 존재이기에 심리적, 정서적, 경제적, 신체적인 문제로 우리는 개인과 가족 내 갈등과 어려움 속에 살아갈 때가 많다. 하지만 그중에서도 가장 큰 어려움은 가족 중 누군가가 아프거나 장애를 가진 경우인 것 같다. 부모에게 모든 자식은 경이로운 존재이다.

그러나 자녀가 장애라는 어려움을 겪게 될 경우 부모의 아픔과 고통은 말로 표현하기 어렵다. 자녀의 장애는 한 가계 안에서 대물림되는 수직적 정체성(민족성, 국적, 언어, 종교)이 아니라 수평적 정체성(청각장애, 다운증후군, 자폐증, 정신분열증 등)으로 일반적으로 부모와 무관하게 나타난다.

다른 장애와 달리 정신장애는 대부분 성인이 된 20대~30대에 갑작스럽게 발병할 경우에는 병으로 인해 병을 온전히 받아들이는 데 꽤 많은 시간이 걸리게 된다. 이는 병을 가진 당사자뿐만 아니라 가족들의 마음에도 크나큰 절망과 괴로움의 시간이기도 하다. 또한 처음부터 자녀가 아픈 경우라면 시간이 지나면서 어느 정도 자녀를 받아들이는 경우가 많으나 뒤늦은 장애로 인해 사회생활의 어려움이 생긴 정신장애의 경우 하룻밤 사이 변해버린 자녀의 모습을 지켜보는 가족들의 고통은 어느 장애를 가진 부모보다 힘든 과정이다.

이는 정신장애를 가진 자녀들 대다수가 그들의 인생 중 처음 20년 동안은 정신분열증, 조울증 등을 겪지 않았기에 병이 없었던 자녀의 모습이 상상되고 받아들이기가 어려운 것이다. 이는 어릴 적부터 자폐나 발달장애를 가져 마치 장애가 그들의 본성 중 하나로서 받아들여지는 것과는 완전 다른 문제인 것이다.

그러다 보니 정신장애 가족들은 대부분 "처음에는 이런 병인 줄 몰랐어요", "약을 먹고 나니 병이 다 나은 줄 알았는데 그게 아니더라고요"라고 말한다. 겉으로 보기에는 멀쩡하기에 가족들 역시 자녀의 병이 심각하지도 아프지도 않은 것 같아 치료를 초기에 받지 못하거나 이후에도 약물치료를 중단하는 경우가 많다. 하지만 잦은 재발과 긴 치료과정으로 인해 정신장애인과 가족은 점점 지쳐가고 부모가 나이 들어감에 따라 자녀를 평생 돌보지 못할 것에 대한 두려움과 걱정이 앞서게 된다.

실제로 정신보건 유관기관 병원, 센터, 복귀시설에서 대부분 자체적인 가족교육이 이루어지고 있다. 하지만 기존의 가족교육은 대부분 병에 대한 이해와 재발방지에 관한 약물증상 교육이 대부분이라 실제적인 가족의 고갈된 심리와 정서적인 어려움을 해결하는 데는 한계가 있었다.

정신장애인과 가족이 어떻게 하면 함께 건강하게 살아갈 수 있을까? 힘든 과정을 잘 이겨낼 수 있도록 지원할 수 있을까?라는 고민을 하던 중 가족의 심리적, 정서적, 신체적, 경제적인 회복을 위한 진정한 쉼과 회복증진을 위한 가족프로그램이 필요함을 느껴 부산광역시 · 장애인종합복지관 지원 장애인보급사업을 진행하게 되었다.

　처음 사업을 기획하기 전 가정방문을 통해 가족 한 명 한 명을 만나서 그들의 살아온 이야기에 귀를 기울였다. 그들은 대부분 처음 자녀가 발병한 후 10년 미만이 된 가족들은 눈물을 훔치며 자녀가 다시 예전처럼 돌아와서 대학졸업도 하고 직장도 가지고 결혼을 하길 기대한다. 그만큼 자녀가 곧 회복될 거란 믿음과 기대를 가지고 있다. 하지만 그 이면에는 자녀가 재발되지 않을까 하는 염려와 불안감을 늘 가지고 있다. 그러다 보니 자녀의 회복을 위해 시간 물질을 쏟아붓는다.

　그러나 20년 이상 시간이 지나면서 가족들은 조금씩 자녀에 대한 지나친 기대를 내려놓고 주어진 것을 받아들이게 된다. 자녀의 장애를 이전에는 온전히 받아들일 수 없었지만 이제는 어느 정도 자녀를 이해하고 받아들이게 되고 자신의 삶도 들여다볼 여유와 마음이 생기기도 한다. 그리고 대부분 병의 원인이 자신에게 있다는 것에 대한 체념과 후회를 하기도 한다.

　이후 30년 이상 된 가족들은 자신의 삶을 온전히 내려놓고 모든 것을 순리대로 받아들이려고 노력한다. 그러기에 자녀의 아픔도 다뜻이 있는 것이고 지금처럼 지내는 것에 만족해한다. 부족한 자녀이지만 말벗이 되어주는 자녀가 있다는 것에 감사를 느낀다. 하지만 한편으론 아픈 자녀를 두고 먼저 가야 하는 부모의 마음이 편하지는 않아 늘 가시를 삼킨 듯한 애잔함을 털어놓았다.

가족들과의 만남을 통해 느낀 점은 가족의 삶의 초점이 장애자녀에 맞춰 있어 늘 불안, 우울, 걱정, 염려 속에서 높은 보호부담과 함께 심리 · 정서적으로도 지쳐 있다는 것이었다. 이렇듯 아픈 자녀에게 모든 관심과 생각이 집중되다 보니 가족 안에 이차적인 문제(다른 가족들에게 소원)들이 생기기도 하고 부모가 객관적으로 자신과 자녀를 분리하지 못하게 되면서 서로가 서로에게 부정적인 영향을 주는 경우도 많다. 정신장애를 가진 자녀의 회복을 위해서는 가족에게도 회복이 필요하고 정신장애인과 가족이 서로 독립적인 모습으로 건강하게 살아갈 때 진정한 삶의 만족도 높아지게 된다.

자신의 삶의 회복탄력성을 높이는 '행복을 찾아 떠나는 여행' 프로그램을 통해 어머니들의 삶을 들여다보고 주체적이고 긍정적인 삶을 위한 다양한 활동을 시도했다. 어머니들은 심리적인 부담감으로 자신의 감정과 정서에 무감각했던 지난날들을 돌아보며 자신이 건강해야 자녀도 건강해질 수 있다는 사실을 발견하고 조금씩 삶에 여유와 웃음을 찾게 되었다.

그리고 자신만이 이렇게 힘든 것이 아니라 어려움을 겪고 있는 많은 가족들이 있고 도움을 주는 정신보건기관과 사회복지사가 있다는 것에 대한 사회적 지지체계가 가족들에게 큰 힘이 되었다고 한다. 가족들은 일주일에 한 번씩 있는 프로그램이 기다려지고 그 시간이 삶에 힐링이 된다고 한다. 또한 자녀 때문에 갖고 있는 걱정과 불안을 조금씩 내려놓게 되면서 보호부담도 많이 낮아지고 마음이 한결 편해졌다고 한다.

이후 가족들은 스스로 가족 자조모임을 형성하기 시작했고 송국가디언클럽이라는 가족모임을 창단하여 가족회장 이하 임원진을 선출하여 가족회의 역할을 확대해나가고 있다.

이전에는 정신장애 가족이라는 것이 마치 가슴에 주홍글씨를 단 것처럼 수치심과 죄책감으로 인해 숨어 지내왔었다. 그러나 그러한 사회편견이 두려워 아무도 나서지 않는다면 정신장애에 대한 사회적 편견은 더욱 심해지게 될 거라는 생각으로 관점이 변화되었다. 또한 가족자조모임을 통해 사회의 정책과 제도 및 법에도 관심을 가지게 되면서 더 이상 방관자가 아니라 정신장애인의 대변자, 옹호자로서의 사회적 역할과 목소리를 내는 것이 가족의 역할임을 알고 다양한 사회활동(인식개선 캠페인, 강연활동, 정책세미나 등)에 참여하기 위해 새로운 도전과 준비를 하고 있다.

모든 장애를 가진 부모가 그렇겠지만 자녀의 모든 면을 처음에는 열렬히 사랑하다가 점점 자애적이면서도 이기적이지 않은 포기 상태에도 도달한다. 하지만 그 어떤 장애보다 정신장애를 둔 가족의 고통은 끝이 없으며 그 어떠한 보상도 없다. 자녀의 증상으로 모든 과거의 시간을 송두리째 잃어버린 것만 같은 상호관계가 빈번하게 일어나면서 가족들의 마음에는 자녀가 미움과 원망의 대상이 되기도 했다가 안타까움과 연민의 대상이 되기도 한다.

그러나 계절이 변화하듯 가족들의 삶에도 자녀를 받아들이는 마음의 변화가 자연의 흐름처럼 일어난다. 처음엔 자신과 다른 자녀를 절대로 받아들이지 못할 것만 같았던 부모들이 이후에는 모든 것을 세월의 순리와 삶의 과정임을 받아들이고 자녀를 향한 사랑의 방법과 생각을 부모의 생각이 아닌 자녀의 입장에서 생각하게 되었다. 그리고 오히려 지금은 장애를 가진 자녀가 자신의 삶의 도를 깨닫게 해준 선생이라고 표현한다.

　세상에는 우리가 생각할 수 있는 한계를 초월하는 일들이 많지만 가장 위대한 일은 자녀에 대한 부모의 사랑이라 생각한다. 자녀의 회복과 성장을 이끄는 데 부모의 사랑과 신뢰보다 더 강력한 것은 없기 때문이다. 그중에서도 장애를 가진 가족은 다양한 난관에 직면해서 함께 헤쳐나가고 서로의 차이에도 불구하고 사랑하려고 노력한다면 그 가운데 희망과 성장, 깨달음이라는 삶의 물결을 발견하는 더 큰 기쁨을 가질 수 있음을 확신한다.

　부모는 자녀의 거울이고 자녀는 부모가 비춰진 모습대로 세상을 살아간다. 이것이 대상관계에서 말하는 자아상의 원리(거울효과)이다. 부모가 좋은 거울(좋은 자아상)로 자녀를 비춰준다면 자녀는 자신을 꽤 괜찮은 사람으로 인식하고 자신과 주변사람들과의 건강한 관계를 맺을 수 있으나 그렇지 않은 경우 자녀는 부족하고 못난 사람으로 자신을 인식한 채 사람들과의 관계 속에서 부정적인 관계를 맺어나갈 확률이 높아지는 것이다.

나 또한 어릴 적 부모님과의 긍정적인 관계가 잘 형성되지 않은 탓에 내 자신이 얼마나 가치있고 좋은 사람인지를 모른 채 성장했고 그러한 내면의 상처가 때로는 낮은 자존감으로, 때로는 상대방에 대한 공격으로 관계의 걸림돌이 되었다. 그러다 정신보건 공부를 하면서 나 자신을 있는 그대로 받아들이고 나의 자화상을 성립하기 위한 마음공부가 필요하다는 것을 인식하게 되었고 내 문제를 해결하기 위한 개인적인 노력(개인상담, 종교, 독서 등)을 꾸준히 해왔다.

　그렇게 세월이 지나면서 나는 내면에 꼬여있던 실타래를 조금씩 조금씩 풀어갈 수 있었고, 내가 어려워하고 힘들어하던 가족들과의 관계도 조금씩 객관적으로 바라보게 되었다. 그리고 가족사업을 하면서 많은 어머니들과의 만남을 통해 그동안 내 문제에만 갇혀서 보지 못했던 어머니의 입장에서 자녀의 삶을 투영해볼 수 있는 계기가 되었다.

　이후 나의 내면에 깨어진 거울의 자화상을 마주할 수 있는 용기와 상대방의 행동을 이해하고 인정해 줄 수 있는 마음의 여유가 한결 생기게 되었다. 물론 지금도 나는 나의 자화상을 깨끗하게 닦고 가꾸어가기 위해 노력하며 나를 있는 그대로 바라보며 행복한 삶의 주인공이 되어 내 주변의 사람들과 함께 행복한 삶을 살아가기 위해 노력 중이다.

　물론 살아가다 보면 또다시 나의 무의식이 똑같은 실수를 반복하게 만들 때도 있겠지만 이제는 적어도 나의 문제가 무엇이고 무엇이 나를 힘들게 하는 원인인지를 알게 되었기에 이제는 실수와 실패가 두렵지 않다.

'30년 만의 휴식 그리고 새로운 도전'이라는 가족사업은 가족들의 삶의 회복뿐만 아니라 나의 삶에도 온전한 회복과 휴식이 무엇인지 다시 한번 생각하게 해준 멋진 인생수업이라 말하고 있다.

열매를 맺다

4년간 어머니들과의 만남을 통해 인생이라는 항해 속에서 만나는 풍파는 때로 우리의 삶을 더욱 단단하고 강하게 만들어낸다는 것을 알게 되었다. 또한 우리가 겪는 모든 일들이 삶의 자양분이 된다는 것을 돌아보는 시간이었다. 어머니들이 들려주는 삶을 통해 나도 평생 가슴에 묻어두고 꺼내기 힘들었던 상처와 아픔의 시간을 마주할 수 있었고 뿌리를 찾게 되었다. 그리고 그 아픔을 서로 함께 보듬어 주며 마음의 위로와 용기가 생김을 느낄 수 있었다. 흔들리며 피는 꽃이 더욱 진하고 아름다운 향을 내뿜을 수 있듯이 누구보다 강한 의지와 희생으로 살아온 정신장애인 가족, 어머니들은 이 세상에서 가장 아름다운 꽃이라 생각한다.

그러나 꽃이 져야 열매가 맺힌다. 뜨거운 햇볕을 견디고 비와 바람이 세차게 몰아칠 때에도 열매는 가지에 몸을 단단히 붙들어 매고 고통을 견디어 낸다. 힘든 과정을 겪었기에 더 단단하고 힘찬 열매 안에 소중한 생명이 담겨 있다. 그 생명은 희망의 씨앗이고 그 씨앗이 다시 봄을 맞는다. 그것이 바로 인생살이인 것 같다.

봄, 여름, 가을, 겨울을 만들어내는 사계절은 똑같은 계절인 것 같지만 그 깊이와 정도는 매번 다르다. 사계四季는 늘 때에 따라 자연스럽게 흘려간다. 붙잡고 싶어도 붙잡을 수 없고 흘려 보내고 싶어도 흘려 보낼 수 없는 것이 바로 시간이며, 우리의 인생이다. 때를 따라 내려놓고 기다리는 것이 인생이라면 우리는 잠깐 보이는 꽃과 열매를 보기보다 그 속에 감춰진 자연이 만들어내는 원리를 깨달아야 한다. 인생의 긴 여정 속에 담긴 희로애락이 모여 보이지 않는 영원한 숨결을 들려주기 때문이다.

나는 겨울바다를 좋아한다. 차가운 바람을 맞으며 시원하게 부서지는 파도를 보고 있으면 밀물과 썰물이 만들어내는 리듬의 조화 속에 바다의 감춰진 이야기를 들을 수 있다. 바다는 자신의 몸을 바위에 부딪쳐 하얗게 부서지는 파도를 만들어낸다. 수만 번 수천 번의 파도를 만나며 바위도 그 모양이 변해간다. 바다와 바위가 만들어낸 수많은 이야기들이 모여 자연이 빚어낸 다양한 조각 작품이 만들어진다. 바다가 빚어낸 조각 작품처럼 우리의 삶에도 수없이 많은 파도와 바다의 이야기가 숨겨져 있다. 그리고 그 이야기가 모여 우리의 삶이 빚어낸 아름다운 작품이 된다.

나는 꽤 긴 시간을 돌아 지금의 나를 만나게 되었다. 인생의 숲을 거닐며 내가 깨달은 것은 '나는 소중한 존재'라는 사실이었다. 지난날 나는 나 자신을 사랑하지 못해 온전히 사랑을 받지도 못했고 사랑을 주지도 못했다. 하지만 그 모든 것이 나의 선택과 결단이 아니라 다른 사람의 탓으로 돌리고 원망한 것이 문제였다. '내가 이런 환경이었기 때문에', '나에게는 엄마가 없기 때문에', '사람들이 나를 사랑해주지 않기 때문에'라는 변명과 핑계로 나를 있는 그대로 바라보지 못했고 인정하지 못했다.

하지만 인생의 주인은 나이고 내가 선택하고 결단할 수 있는 힘이 있다는 것을 너무 늦게 깨달았다. 그리고 그렇게 하지 못한 나 자신을 돌아보고 깊이 반성하게 되었다. 그리고 지금의 나는 이 모든 것이 내가 만든 상황, 내가 판단하고 행동한 결과라는 것을 받아들이게 되었다. 가시 돋힌 말과 행동으로 나를 비롯한 많은 사람들에게 상처를 주고 아픔을 줬던 지난날을 되돌아보며 그들에게 내가 준 상처에 대한 용서를 구하고 나 자신과의 진정한 화해를 하게 되면서 내 마음에 진정한 자유와 회복을 찾게 되었다.

그리고 다짐했다. 이제는 누구를 원망하고 탓하는 것이 아니라 내가 나 자신을 더 좋은 모습으로 가꾸어가는 노력을 할 것이라고 말이다. 그리고 이제는 내가 받은 사랑과 은혜를 많은 사람들과 나누는 삶을 살아가기로 했다. 사랑을 받는 것이 아니라 사랑을 주는 것이 더 가치 있는 것이라는 것, 나로 인해 나와 주변이 행복해질 수 있는 삶을 살아가는 것이 목표가 되었다. "아름다운 사람은 머문 자리도 아름답다"는 말처럼 언제 어디서든 아름다운 향기를 품어내는 사람이 되리라 다짐한다.

숲, 나를 찾는 시간을 통해 지난날의 삶을 돌아보게 되었다. 인생은 진짜 자신을 찾아가는 여정이다. 그러기에 내 안에 잠재되어 있는 아름다움의 씨앗을 찾아내어 잘 가꾸는 것이 살아가면서 할 수 있는 최선의 일이라 생각한다. 내가 나를 '나답게' 만드는 것. 그리고 내가 타인을 '있는 그대로' 바라보는 것이 진정 행복의 첫걸음이다.

'있는 그대로 바라보는 것', 그것은 가장 어렵고도 쉬운 일이다.

02
오월의 계절

그리움의 오월

신록으로 가득 찬 오월이다. 금방 찬물로 세수를 한 스물한 살 청신한 얼굴을 닮은 오월은 연초록 반짝이는 노래와 햇살들의 속삭임이 짙은 녹음의 숨결을 들려준다.

나는 숲에서 산책하는 것을 좋아한다. 숲길을 걷다 보면 계절의 미묘하고도 작은 변화를 오감으로 느끼게 된다. 계절을 느낀다는 것은 살아 있음을 느끼는 것이다. 꽃과 풀이 전하는 인사와 새와 나무가 들려주는 목소리에 가만히 귀를 기울이다 보면 봄의 향연이 시작된다.

겨우내 품고 있던 씨앗의 숨결이 터지면 고귀한 매화 향을 시작으로 샛노란 개나리와 분홍 진달래로 산들이 옷을 갈아입고 연분홍 꽃잎들이 마음을 흔들어 깨운다. 보드라운 연둣빛 사이로 비친 햇살이 짙게 녹색으로 물드는 계절을 걸으면 민들레 홀씨가 바람을 타고 날아오른다. 땅속에서는 별처럼 피어나는 노란 수레나물과 활짝 핀 얼굴의 개망초가 악수를 청한다. 바람에 실려 온 은은한 아카시아 향기와 쌀알이 흩날리게 핀 이팝나무 꽃길에 취해 흥얼거리고 있다 보면 누군가 나의 발등을 간지럽힌다. 파란 빛을 내뿜는 개불알꽃, 네 잎을 가진 토끼풀들이 발 아래 앙증맞게 피어 있다. 그 모습이 너무 귀여워 손바닥으로 소담스런 토끼풀을 고이 쓸자 손가락 끝으로 아련한 행복감이 일어나 가슴께로 번져왔다.

그 순간 어릴 적 엄마와 함께 뒷동산에 오른 기억이 떠올랐다. 나지막한 뒷동산은 푸른 들판이 펼쳐져 우리 동네 전경이 훤히 보이는 곳이었다. 그리고 들판 한편에는 파란 풀과 이름 모를 꽃들이 무성히 자라 있었다. 푸른 풀밭 위에 흰 꽃을 가리키며 "엄마, 이 꽃 이름이 뭐야?"라고 묻자 엄마는 "응. 이건 토끼풀 꽃이야. 토끼들이 제일 좋아하는 풀이지"라고 대답했다. 토끼들이 껑충껑충 뛰어 들판으로 달려와 신선한 토끼풀을 먹는 것을 상상하니 나도 모르게 노래가 나왔다.

엄마는 나의 그런 모습을 보며 탐스러운 토끼풀 줄기 가장 안쪽을 약간 쪼갠 다음 그 사이로 다른 하나의 줄기를 끼워 넣어 두 송이의 꽃을 만들었다. 두 송이의 꽃은 시계가 되고 줄기는 시계 줄이 되어서 나의 손목을 한 바퀴 감아 매듭을 묶자 꽃시계가 되었다. 아름다운 꽃시계를 손목에 차고 하얀 날갯짓을 하며 들판 위를 날아오르는 나비가 되어 춤을 추었다.

그런 나의 모습이 좋았는지 엄마는 말없이 빙그레 웃었고 딸을 위한 왕관을 만들기 위해 풀밭에 앉아 손으로 줄기를 엮으며 낮은 목소리로 노래를 불렀다. 나는 엄마의 다리를 베고 누워 노랫소리에 귀를 기울였다. 그 목소리가 너무 청아하고 달콤해서 매양 잠이 왔다. 푸른 물결에 몸을 맡기니 어느새 파란 하늘 위 흰 구름 위로 내 마음이 두둥실 떠올랐다.

명아주, 토끼풀, 잔디의 풀 내음으로 가득 차오른 길을 따라 어린 시절이 더 선명해진다. '왜 이런 것을 잊고 있었을까?' 어린 시절 아련했던 행복을 안겨준 토끼풀이 그저 고맙다.

손끝을 간질이는 바람을 느끼며 한참을 걷다 보니 두 번째 기억 앨범에 덮어 둔 어린 시절이 되살아난다. 엄마, 아빠 손을 잡고 천진난만하게 웃고 있는 행복한 어린 시절, 엄마는 내가 하고 싶은 것을 해주길 원했다. 피아노, 미술, 발레, 웅변 학원에 다니며 나의 재능을 찾도록 도와줬고 내가 미술, 피아노 대회에 나가 상을 받으면 무척이나 기뻐하셨다.

또 나는 엄마 아빠에게 애교를 부려 갖고 싶은 인형과 장난감을 받기도 했다. 그러다 뭔가 섭섭하기라도 하면 원하는 것을 들어줄 때까지 울고 떼쓰며 고집을 부려 엄마를 힘들게 하기도 했다. 끝까지 내가 고집을 꺾지 않을 때면 엄마는 회초리로 내 종아리를 서너 차례 때리기도 했다. 그러고 나서는 내가 잘 때 다리에 약을 발라주며 쓰다듬어주었다.

외동이었던 나는 동네 친구들과 어울려 노는 것을 좋아했다. 뒷산에 올라 풀과 흙을 가져다가 소꿉놀이를 하기도 하고 집 앞 도랑을 따라 달리며 술래잡기도 했다. 땀을 뻘뻘 흘리며 신나게 동네한 바퀴를 돌고나서 손과 발이 새까맣게 되어 집에 들어오는 날에는 엄마에게 꾸중을 듣기도 했다.

엄마와 함께한 많은 추억 중에서도 유독 기억에 남는 일이 몇 가지 있다. 엄마와 목욕탕 가는 일이다. 목욕탕을 다녀오는 길 앞에 슈퍼가 있는데 추운 겨울이면 그곳에 놓인 빨간 호빵기계에서 하얀 김이 모락모락 피어났다. 엄마는 항상 노란 옥수수 호빵을 사주었다. 호호 불며 먹었던 그때의 호빵이 얼마나 맛있었던지. 나는 지금도 목욕 후 먹었던 그때의 호빵 맛을 잊지 못한다.

손재주가 좋은 엄마는 만드는 것을 좋아했다. 그래서 우리 집에는 지점토로 만든 벽걸이 시계, 액자도 있었고 큰 표구로 만든 서예작품도 있었다. 그 작품은 어린 내가 봐도 눈길을 끌 만큼 멋졌다. 엄마는 가끔씩 서예학원에 나를 데리고 가서 글 연습을 함께하기도 했다. 나는 붓을 먹물에 찍어서 화선지에 그림을 그리는 것을 좋아했다. 엄마는 예쁜 꽃과 나무를 그리는데 나는 엄마처럼 잘 그

리지 못해 실망하는 모습에 서예학원 선생님은 내가 그린 그림이
더 멋지다며 칭찬해주었다.

또 엄마는 음악을 즐겨 들었다. 비제의 카르멘을 알게 된 것도
어릴 적부터 들었던 LP판 덕분이었다. 그림과 음악을 즐겼던 엄마
덕분에 나도 어릴 적부터 그림그리기와 음악 감상을 좋아하게 되
었다.

하지만 내가 일곱 살 때쯤 엄마와 함께하는 외출이 점점 줄어들
었다. 그러다 보니 오월이 되면 뒷동산에서 토끼풀을 엮어 만든 팔
찌를 차거나 왕관을 더 이상 쓸 수 없었고, 겨울엔 호빵을 맛보는
일도 자연 줄어들었다. 나는 엄마에게 까만 눈을 반짝이며 물었다.

"엄마, 요즘에는 왜 밖에 잘 안 나가?"

그러자 엄마는 이렇게 대답했다.

"응, 엄마가 요즘 몸이 안 좋아서 그래. 엄마 나으면 같이 놀러
가자."

내 마음을 아셨는지 엄마는 늘 나에게 미안하다고 하며 친구들
을 집으로 데리고 와서 놀게 했다. 소꿉장난, 인형놀이를 하는 내
모습을 보는 것을 엄마는 좋아했던 것 같다.

하지만 나는 친구들을 데려오기보다 친구 집에 가서 놀다오는 것
이 더 좋았다. 친구 엄마들이 맛있는 간식도 해주고 함께 놀아주는
모습이 부럽기도 했고 엄마가 항상 아파서 누워만 있는 것이 싫었
기 때문이다.

나의 그런 마음 때문이었는지 엄마는 내가 7살이 되자 건강이 더 나빠져 결국 병원에 입원을 해야 했다. 아빠는 나에게 "엄마가 몸이 안 좋아서 수술을 해야 할지도 몰라. 엄마가 수술 받고 건강해질 때까지 외할머니 댁에서 지내고 있으면, 아빠가 주말마다 데리러 갈게"라고 했다. 나는 엄마가 어디가 어떻게 아픈지는 정확하게 알 수 없었지만 아빠 말대로 외할머니 댁에서 삼촌네 가족들과 함께 지냈다.

처음에는 엄마, 아빠와 떨어져 있다는 것이 싫었지만 사촌동생과 함께 지내면서 마치 동생이 생긴 것 같아 좋았다. 또 외할머니, 삼촌, 숙모도 다 잘 대해주셔서 나에게 새로운 가족이 생긴 것 같았다. 그렇게 몇 개월을 외할머니 댁에서 지냈는데 외할머니는 언제부터인가 새벽마다 나를 교회에 데리고 가셨다. 할머니의 기도 제목은 엄마가 빨리 낫는 거였고, 나에게도 엄마가 빨리 나을 수 있게 기도하라고 하셨다. 교회 새벽종이 울리면 그렇게 할머니와 나는 교회로 가서 기도를 했다.

할머니와 내 기도 덕분이었는지 엄마는 몇 개월 후 퇴원을 했고 나도 집으로 돌아가서 다시 엄마, 아빠와 함께 지낼 수 있게 되었다. 그런데 엄마는 매일 밤마다 잠을 잘 못 자는 것 같았다. 잠결에 엄마가 없어 엄마를 찾으러 나가 보면 늘 작은방에서 음악을 듣고 있었다. 나는 엄마와 함께 음악을 들으며 잠들곤 했다. 그때 들었던 멜로디는 늘 나의 귓가를 맴돌았다. 성인이 되어 그 멜로디가 영화

〈나자리노〉의 주제곡 〈When a child is born〉임을 알게 되었고, 엄마가 그리울 때마다 그 노래를 즐겨 들었다.

　엄마와의 많은 추억을 쌓지 못하고 또다시 엄마는 건강이 나빠져서 재입원을 해야 했다. 그때도 외할머니 댁에 가야 했지만 그 당시 외숙모가 임신을 하여 큰아버지 댁에서 몇 개월을 지내야만 했다. 사촌언니, 오빠들은 나를 동생처럼 아끼고 좋아해주었지만 마음속은 늘 외롭고 엄마가 그리워졌다.

　내가 엄마가 보고 싶다고 떼를 쓰자 큰엄마는 나를 데리고 엄마가 있는 병원으로 가자고 했다. 나는 처음으로 엄마가 있는 병원에 갔다. 송도 바다가 보이는 곳에 위치한 병원이었다. 병원 입구에 들어서자 톡 쏘는 알싸한 냄새가 긴장감을 일으켰다. 나는 큰엄마 손을 꼭 잡고 조심스레 한 발 한 발을 내딛으며 엄마를 찾아갔다.

　엄마는 환자복을 입고 머리에 두건을 쓴 채 앉아 있었다. 그런 엄마의 모습이 낯설어 순간 멈춰 섰다. 엄마가 나를 보자 환하게 웃으며 반갑게 맞아주니 조금 긴장한 마음을 내려놓을 수 있었다. 하지만 엄마는 말을 하지 못했다. 수술을 해서 말을 하면 아프다고 하며 나와 손짓으로 대화를 했다. 그런 엄마가 힘들어 보였다. 엄마와 짧게나마 함께한 시간을 뒤로한 채 나는 다시 큰엄마 집으로 돌아갔다.

　집으로 돌아와서도 엄마의 모습이 계속 아른거렸다. 어린 나의 눈에도 엄마가 안되어 보였다. 그래서 엄마가 빨리 나아서 집에 돌아오게 해달라고 기도했다. 내가 8살이 되어 학교에 입학할 무렵 엄마는 퇴원을 했다. 그래도 엄마는 건강이 좋지 않아 계속 집에 누워만 있었다.

가끔 외할머니 교회에 계신 목사님과 집사님들이 오셔서 기도도 해주시고 찬양을 불러주셨다. 그때만 해도 엄마는 교회를 다니지는 않았지만 시간이 지나자 성경책을 머리맡에 두고 찬송가를 틀어놓으셨다. 엄마는 찬송가 438장 〈내 영혼이 은총 입어〉를 가장 좋아하셨는데 날마다 그 찬양을 듣고 또 들으셨다.

어느 날 학교에서 돌아오자마자 친구들과 놀기 위해 나가려고 엄마에게 이야기하니 엄마가 옆에 누우라고 손짓을 하셨다. 내가 옆으로 다가가자 엄마는 수술 후 말을 하기가 힘든 상황에서 힘겹게 낮은 목소리로 "지연아, 잘 지내야 한다"는 말을 하고 내 손을 꼭 잡았다. 그런 엄마의 모습이 평소와 달라 조금 낯설었지만 나도 엄마의 손을 1분 정도 꼭 잡고 있다가 엄마가 잠이 들자 내가 아끼던 인형을 엄마 품에 안겨주고 친구들을 만나러 나갔다.

5월 어버이날을 지내고 엄마는 다시 병원으로 갔다. 아빠는 엄마 옆에서 간호를 하시는지 며칠 동안 집에 오지 않으셨다. 토요일 아침 아빠는 집에 잠시 들러 아는 분들에게 전화를 걸며 엄마가 있는 병원을 알려주었다. 나는 잠이 덜 깬 눈으로 "아빠 무슨 일이야?"

하고 물었다. 아빠는 엄마가 아파서 다시 병원에 가야 하니 내일 외할머니와 함께 병원에 오라는 말을 하고 다시 병원으로 가셨다.

나는 외할머니와 함께 일요일 아침 일찍 병원으로 갔다. 오랜만에 보는 고모와 삼촌, 사촌언니와 오빠들도 와 있었다. 큰 고모는 나를 안으며 나에게 줄 선물이 있다며 차로 데리고 갔다.

"엄마가 국내에서는 치료를 받을 수 없어 미국에 가서 치료를 받아야 하니깐 엄마가 많이 보고 싶어도 이겨내면 엄마가 빨리 나아서 올 거니깐 힘들어도 조금만 참자."

이렇게 말하고 나에게 선물을 주었다. 엄마를 당분간 볼 수 없다는 생각에 슬펐지만 엄마가 빨리 건강해지길 바라는 간절한 마음에 그 순간을 기다렸다.

그날 오후 나는 오랜만에 만나는 친척들과 함께 버스를 타고 어느 산 언덕에 올라갔다. 양지바른 풀밭에서 사촌들과 함께 요요게임도 하고 맛있는 수육과 떡도 먹으며 즐거운 시간을 보내고 집으로 왔다.

집으로 올 때까지만 해도 나는 오늘이 외할아버지 성묘 날이라고 생각했다. 하지만 작은 방에서 뒤집혀 있는 액자를 보고 뭔가 이상한 느낌이 들었다. 액자를 들어보니 거기 환하게 웃고 있는 엄마의 사진이 있었다. 그 순간 무언가 알 수 없는 감정이 나의 뇌리를 스쳤다. 분명 고모는 엄마가 치료받으러 미국에 갔다고 했는데 '왜 엄마 사진이 여기에 있지?'라는 생각이 들었다. 그러면서 한편으로

46

는 무서운 생각이 들었다. 엄마가 죽은 건가? 엄마와 마지막 인사도 하지 못했는데, 그렇게 엄마를 보낼 수는 없다고 혼잣말로 되뇌였다. 그리고 분명 아닐 거라고 엄마는 미국에서 치료받고 건강한 모습으로 다시 나를 만나러 돌아올 거라 그 순간에도 굳게 믿었다.

그 후 나는 한 가지 습관이 생겼다. 붉은 저녁노을이 질 때쯤 창밖으로 떠오른 비행기를 바라보는 일이었다. 높이 떠오른 비행기에 내 마음을 실어 보내면 거기서 엄마가 비행기를 타고 빨리 돌아올 것만 같았다. 그렇게 1년이 지나고 다가온 어버이날, 붉게 물든 카네이션 한 송이에 그리움이라는 인사를 담아 엄마가 있는 곳으로 띄워 보냈다.

관계 맺기의 어려움

1988년 오월, 엄마가 돌아가시고 1년 후 여름이 되었다. 나의 생일이 가까워질 무렵 아빠는 나를 위한 선물을 준비했다고 했다. 처음에는 기대하지 않은 선물에 설렘과 기쁨이 넘쳤지만 선물이 무엇인지 알고 난 후 어떻게 해야 할지 모르는 두려움이 생겼다. 새로운 가족이 생기는 일이었다. 늘 엄마를 그리워하며 외로워하는 나를 위해 아빠는 엄마의 빈자리를 채워줄 새엄마가 나에게 필요할 것 같다며 엄마가 될 분을 소개해주셨다.

아빠가 결혼을 하고 신혼여행 후 데리고 온 새엄마와 처음 만난

날 나는 마음과는 다르게 못된 행동을 해버렸다. '엄마'라는 호칭을 부를 수 없어 '아줌마'라고 불렀고, 나에게 작은 부탁이라도 해오면 "아줌마가 뭔데 나에게 이런 걸 시켜요?" 하고 쏘아붙였다.

'엄마'라고 부르면 나를 낳아준 엄마가 싫어할 것만 같다는 생각과 새엄마에 대한 질투, 아빠에 대한 배신감 같은 묘한 마음이 내 마음을 어지럽혔다. 새로운 가족을 맞이하는 일은 생각보다 어려운 일이었다. 처음 1년은 서로가 서로에게 말로 상처를 줄 때도 많았고, 그 상처는 쉽게 아물지 않았다.

그러다 그동안 엄마의 빈자리를 조금씩 채워가는 새엄마와 함께 장도 보고, 목욕탕도 가고, 쇼핑도 가는 일들이 많아지면서 마음의 문이 조금씩 열렸다. 그리고 어느새 새엄마를 '엄마'로 부르며 엄마의 자리를 내어주고 있었다. 엄마는 늘 옷이며 신발이며 예쁜 것을 사서 입히고 좋은 곳을 데리고 다녔다. 작은 키에 까무잡잡한 나의 약점을 오히려 세련된 스타일로 꾸며 강점이 되게 해 주었다.

팔방미인인 새엄마는 사람들이 다 부러워할 만큼 못하는 게 없었다. 미모도 뛰어났고 꼿꼿이, 성악, 기타, 음식, 인테리어에 있어서도 솜씨가 좋은 현모양처였다. 나는 그런 새엄마가 자랑스러웠고 또 부러웠다. 반면 새엄마의 재능처럼 뛰어나지 못했던 나는 새엄마와 다른 나의 모습이 비교되는 것 같아 지나가는 사람들이 "엄마가 참 미인이네"라는 말이 싫지는 않았지만 그렇다고 좋지도 않았다.

새엄마와 생활한 지 1년 후 동생이 태어나면서 나는 새엄마와 아빠의 관심이 멀어진다는 생각에 의기소침해졌다. 엄마를 닮은 동생과 그렇지 않은 나를 비교했고 질투심도 생겼다. 그리고 사랑받지 못한다는 두려움이 나의 성장과정에서 많은 부정적인 영향을 미쳤다. 나는 나의 과거를 누군가가 알까 봐 숨겼고 우리 가정이 행복하고 좋은 가정으로 비춰지길 바랐다. 그렇게 평생 나의 과거는 사람들의 입에 오르내려서는 안 되는 일이라 믿었기에 누구에게도 말해서는 안 되는 비밀이 되었다.

　그러다 보니 날 낳아준 엄마에 대한 기억도 점점 희미해졌고 특별히 엄마와 외가댁에 대한 기억도 옅어졌다. 결국 나는 나의 존재를 있는 그대로 바라보지 못했고 사랑받기 위해 새엄마의 행동과 말 한마디에 민감해졌다. 마치 새엄마가 동생과 나를 비교하고 차별하는 것 같아 부정적인 생각과 질투심은 점점 새엄마와 동생을 멀어지게 만들었고 아빠와의 관계에도 갈등이 생겼다. 결국 서로가 서로에게 상처를 주는 가시를 내세우게 되었다.

　하지만 그때는 내가 왜 그런 생각을 했는지 나를 돌아보기보다는 새엄마와 아빠가 나를 미워하고 싫어한다는 생각에 빠져 모든 것을 비뚤게만 바라봤다. 주변의 시선, 주변 사람들의 반응에 민감해진 것도 그때부터인 것 같다. 내가 생각하고 내가 중요하다고 생각한 것들보다는 '다른 사람들이 나를 어떻게 볼까?', '우리 가족을 어떻게 생각할까?'에 더욱 신경을 많이 쓰게 되었다. 그러다 보니 겉과 속이 다른 삶을 살아가게 되었다. 남들에게는 행복한 척, 좋은 척, 괜찮은 척하면서도 정작 내면의 소리에는 귀를 기울이지 못했다.

나는 점점 자신감을 잃어갔고, 그럴수록 나는 더 나를 방어하기 위한 벽을 두껍게 만들기 시작했다. 누군가 나에게로 다가오면 신경질적으로 대했다. 그러다 보니 남들과의 진정한 소통이 어려웠고 사람들의 진심을 왜곡해서 받아들이는 문제가 생겼다. 나를 사랑하지 못한 나는 다른 사람을 사랑할 수도 없고 사랑을 품을 줄도 모르는 이기적인 성격으로 점점 변해버렸다.

내 안의 나를 찾아서

내 안에는 늘 착하고 차분한 척하는 나와 사랑해달라고 애원하고 떼쓰는 내가 싸우고 있었다. 처음에는 그런 내 모습이 이상했다. 어떤 것이 진짜 내 모습인지 혼란스러웠다. 어쩌면 그런 나 자신을 알고 싶어서였는지도 모르겠다. 어쩌면 정신보건 영역에서 실습과 수련을 하게 된 것도 내 속에 있는 나의 참 모습을 찾고 싶은 무의식이 나를 이끈 것 같았다.

정신보건에서 일을 시작하고 10년이 지났지만 나는 여전히 내가 쌓아놓은 이미지에서 벗어나는 것이 두려웠다. 괜찮은 척, 아닌 척 하는 모습 속에 사람들이 나의 부끄러운 모습을 혹여나 알아차

릴까 봐 늘 긴장하며 날을 세웠다.

이런 내 모습에 나도 지쳐갔다. 형식적인 관계가 힘들어졌고 진정한 나 자신을 찾고 싶어졌다. 대상관계를 알게 되면서 나는 그동안 잊고 있었던 엄마를 다시금 떠올리게 되었다. 잊었다고 생각했고 다시 꺼내지 않으려고 했던 나의 과거가 발목을 잡는 느낌이었다. 뭔가 해결하지 않으면 안 될 것 같은 그 시점에 나는 나의 뿌리를 찾아야겠다는 다짐을 했다. 새엄마와의 관계, 사람들과의 관계를 풀 수 있는 열쇠는 나의 본연의 모습을 찾는 것이었다.

2014년부터 가족사업을 시작하게 되었다. 물론 이전에도 가족들과의 만남이 이루어지고 있었지만 정신장애인 가족의 삶의 회복을 위한 특별사업을 기획하여 부산광역시와 부산광역시장애인복지관의 지원을 받아 장애인복지보급사업을 4년째 진행하게 되었다.

처음 이 사업을 하게 된 계기는 정신장애인의 가장 큰 지지체계인 가족이 건강해야 정신장애인의 회복, 가족의 회복도 함께 이룰 수 있다는 현장에서의 경험이 있었기 때문이었다. 그리고 내가 만나는 가족들의 삶을 통해서 나의 삶을 비춰볼 수도 있지 않을까라는 막연한 기대가 또 다른 하나의 이유였다.

가족 내 오랫동안 묵혀 있는 갈등과 아픔을 회복하지 않고서는 개인의 회복도 있을 수 없다는 생각에서 정신장애인 가족과의 만남을 시작하게 되었고 만남이 깊어질수록 어머니들의 만남은 나 자신을 비춰볼 수 있는 거울이 되었다. 어머니들이 걸어온 삶의 여정을 함께 걸으며, 어머니들의 아픔을 이해하게 되었고 엄마라는 존재에 대한 사랑과 미움의 다양한 감정이 내 마음속에서 소용돌이 치는 것을 느꼈다.

그러다 과거의 받지 못한 사랑에만 매여 지금 현재 나에게 주어진 많은 것을 놓치고 살아가고 있는 나 자신을 바라보게 되었다. 나의 과거를 마주할 힘이 생겼고 지난날 빗장을 채워 꼭꼭 숨겨왔던 나의 이야기를 풀어낼 용기가 생겼다. 그렇게 나는 내 안의 나를 찾아 떠나는 여행을 하기로 결심을 했다.

2014년 뜨거운 한 여름날, 용기 내어 아빠 회사로 찾아가 점심 식사는 함께하자고 했다. 식사를 하며 아빠에게 처음으로 엄마 이야기를 꺼냈다.

"아빠 엄마는 왜 돌아가셨죠?"

갑작스런 질문에 아빠는 잠시 멈칫하였다.

"설암으로 죽었지. 입안에 헌 물집이 낫지 않았는데 그게 급작스럽게 전이가 되면서 암이 되어 네가 8살 때 돌아가셨다."

나는 21년 만에 처음으로 엄마가 왜 돌아가셨는지를 알게 되었다.

그리고 외할머니가 살아 계신지를 여쭤보았다. 어쩌면 엄마에 대해 가장 많이 알고 계시고 내가 궁금한 것을 물어볼 유일한 분이였기 때문이다. 외할머니 댁 주소를 물어보자 아빠는 이렇게 말했다.

"니가 결혼하면 안 그래도 외가댁에 인사를 드리러 가려고 했다. 그때 되면 엄마 산소에도 데리고 가서 인사를 하려고 생각하고 있으니 조금 더 기다리는 게 좋겠다."

나는 지금 당장 외할머니를 뵙고 싶었지만 막상 아빠의 말에 더 이상 용기가 나지 않아 나의 뜻을 전하지 못했다. 그 후로도 나는 우리 가족과 나의 관계에 대해 계속 고민했고 나 자신을 더욱 사랑하고 나 자신의 진정한 회복과 휴식을 위해서는 나의 뿌리를 찾아야 한다는 생각이 더 강해졌다. 여전히 나의 내면을 찾는 것에 목말라하고 있었다.

그러다 어버이날 아침 부모님께 감사 문자를 보냈다. 몇 분 후 아빠에게서 답장이 왔다.

"어버이날 챙겨줘서 고맙다. 미희 이모가 한국에 왔다고 해서 이번 주에 만날 계획인데 네 얼굴이 보고 싶다고 사진을 보내달라니 한 장 보내줄 수 있겠니."

나는 순간 그 이모가 누구인지 몰라 "미희 이모가 누구냐"라고 물었다. 아빠는 "돌아가신 엄마 동생인데 기억이 안 나니?"라고 되물었다. 그때 엄마에게는 남동생과 여동생이 있었다는 사실이 떠올랐다. 어릴 때라 정확하게 얼굴을 본 기억은 없지만 가끔씩 미국에서 멋진 선물을 보내주는 이모가 있었다는 기억이 어렴풋 되살아났다. 바비 인형을 선물해준 이모 덕분에 친구들에게 자랑도 하고 인형을 아끼며 가지고 놀던 기억이 떠올랐다.

엄마에게 여동생이 있었다는 사실을 새삼스레 알게 된 나는 그저 그 사실이 신기하였다. 28년간 마음속에 감추어두었던 나의 과거를 꺼내 보일 용기가 없었던 나에게 어쩌면 뿌리를 찾을 수 있는 가장 좋은 기회가 생긴 것만 같았다. 늘 마음 한편에 그리움으로 물들어간 오월이 조금씩 나에게 다가오고 있었다.

03
뿌리를 찾다

뿌리를 찾다

오랜만에 추석을 맞아 명절을 지내고 다시 집으로 돌아가는 차 안에서 아빠는 지난번 이모를 만나고 온 이야기를 꺼내셨다. 최근에 외할머니 건강이 좋지 않으셔서 얼굴을 뵈러 왔다가 나의 소식이 궁금하여 연락을 주셨다고 한다. 내가 초등학교 2학년 때 아빠가 재혼을 하고 난 후 외가댁은 나에게는 더 이상 만날 수도 생각해서도 안 되는 곳이었다. 가끔 외할머니와 사촌들이 보고 싶었지만 새로운 가족이 생겼기에 내가 외가댁과의 만남을 가진다는 건 새엄마에게나 아빠를 힘들게 하는 일이라 생각했다. 어쩌면 내가 그런 이야기를 입 밖에 꺼낸다면 새엄마도 잃어버리는 건 아닌가라는 불안과 두려움이 내 마음속에 컸던 것 같다.

그때는 모두가 낯설고 힘들었다. 새로운 환경, 새로운 만남 모든 것이 그랬다. 처음엔 나도 새 가족과 잘 지내고 싶은 마음이 많았다. 그렇지만 마음과는 달리 나의 모습은 점점 새엄마와 벽을 만들었고 서로에게 상처를 주고받으며 새엄마의 사랑을 있는 그대로 받아들이질 못했다.

동생이 태어나면서 상처는 더욱 깊어졌다. 나 스스로 동생과 비교하며 좋은 모습보다는 못난 모습을 계속 보였다. 좋은 말과 태도보다는 화, 원망, 짜증스런 말과 행동으로 새엄마에게 관심을 요구했다. 성인이 되어 알게 된 건 새엄마는 동생을 키우면서 신경과민, 허리디스크, 위염으로 늘 건강이 좋지 않았고 시댁과의 갈등으로 늘 마음의 여유가 없었다. 하지만 당시 어린 나는 새엄마의 상황을 이해하지 못했고 그저 나에게 따뜻한 말과 행동보다는 화내고 짜증을 내는 새엄마가 미웠고 나를 차별하고 사랑하지 않는다고만 생각했다. 그런 나의 마음과 새엄마의 마음은 마치 칡나무와 등나무가 아무리 길게 뻗어가도 서로 뒤엉켜 화합해 만날 수 없는 그야말로 '갈등('갈등葛藤'은 한자어 그대로 '칡과 등나무'를 뜻하는 말이다. 칡과 등나무가 서로 얽히듯이 까다롭게 뒤엉켜 있는 상태를 나타내는 말이 갈등이다.)' 상태가 되어버렸다.

그렇게 올곧지 못하고 삐뚤게 성장해버린 나는 나 자신을 긍정적으로 바라보지 못했고 결국 가족들과 주변사람들에게도 가시를 세워 나를 지키려 했다. 겉으로는 착한 듯 보이나 내면에는 배려하지 못하는 이기적이고, 사랑하지 못하는 말과 행동으로 사람들을 대했다. 그리고 돌아서면 또 후회했다. 칭찬과 관심을 받고 싶지만 그 방법이 부정적인 태도와 행동으로 고착되어왔다. 그런 모습을 반복하며 살아왔던 것이다.

가족들은 오히려 남들에게는 잘 하고 가족에게는 상처주는 나를 이해하지 못했다. 그러다 보니 사람들의 사랑과 인정의 말을 있는 그대로 받아들이지 못하고 왜곡하거나, 피해적으로 받아들이면서 생각과 감정도 함께 꼬여만 갔다. 그렇게 나는 나 스스로를 단단한 틀 안에서 가두고 있었다. 결국 그 문제의 가장 큰 핵심은 나 자신을 있는 그대로 바라보지 못하는 낮은 자존감이었다.

나는 나의 존재를 부끄럽게 생각했고 잘하는 것 없는 나 자신이 싫었다. 그리고 부모님께 인정받기를 바라면서도 있는 그대로의 나를 인정해주지 않았다. 나 자신에게 높은 기대치를 주어 그것을 해내지 못했을 때 또 다시 인정받지 못한다는 생각에 나를 부정적으로 이끌어갔다. 그것은 마치 내가 살아가야 할 각본은 이런 것이라고 단정해놓은 사람처럼 남들이 나를 괜찮은 사람으로 바라봐주고 사랑해주고 용기를 줄 때도 그 말들을 진심으로 받아들이지 않았고 '난 늘 부족해', '난 더 열심히 해야 해'라는 당위적인 삶으로 나 스스로를 옥죄었다. 그리고 진정한 나의 가치는 부모님의 인정과 사랑에 달렸다고 믿고 그분들의 반응에 내가 좌지우지 요동치는 삶을 살았다.

시간이 길어질수록 지치고 힘들었다. 나 자신을 있는 그대로 받아들여주는 사람들을 만나고 싶었다. 그래서 가족들보다는 친구나 이성과의 만남을 즐겼다. 하지만 그 관계에서 오는 만족감은 크지 못했다. 그리고 내가 진정 원하는 것은 부모님의 인정이었기에 다른 것으로 채워줄 수 없다는 것을 알게 되었다.

그때부터 나는 나 자신을 알기 위해 기도를 하기 시작했고, 상담 관련 책을 읽고, 개인상담 및 이론공부를 하면서 나의 내면을 보기 시작했다. 그렇지만 이론이 머리에서 가슴으로 내려오기까지 시간이 많이 걸렸다. 생각으로는 알지만 그것이 행동으로 이어지고 삶이 바뀌는 데까지는 꽤 많은 시간과 노력이 필요했다. 똑같은 실패와 반복을 하면서 실망감과 자존감이 더 많이 낮아지기도 했다.

그러다 생각이 성숙해지는 시간이 지나고 나니 자존감을 높이는 것은 주변사람들의 인정과 관심이 아니라 나 자신과의 화해에서 비롯되는 것임을 깨닫게 되었다. 그러자 나의 문제가 인식되기 시작했다. 이전에는 모든 것이 새엄마, 아빠의 잘못이라고 비난했던 내가 이제는 나에게도 책임과 잘못이 있었음을 느끼게 되었다. 그리고 나 자신을 찾기 위해서 더 늦기 전에 나의 뿌리를 반드시 확인해야겠다는 생각이 들었다.

그건 바로 내 기억 속에 엄마였다. 엄마의 빈자리, 그리고 채워지지 않는 사랑의 근원이 어디에서부터 시작되었는지를 내 눈으로 보고 해결하고 싶었다. 오랜 세월 엄마와 제대로 된 이별을 하지 못하고 엄마의 사랑에 미련을 둔 채 떠나보내지 못한 나는 내면아이(인간의 무의식 속에는 어린 시절의 아픔과 상처로 인한 자아가 있다는 상담기법)였다. 몸은 성인일지 모르나 마음과 생각은 어린 시절에 매여 있는 아이와 같은 모습이었다. 그 모습은 마치 어린 코끼리가 발 한쪽이 말뚝에 매어 오랜 시간을 있게 되면 나중에 그 밧줄이 풀어졌음에도 도망가지 못하고 있는 것과 같았다. 내 속에 내면아이를 떠나보내기 위해서는 나의 모습을 인정하고 변화시키는 결단의 시간이 필요했다.

정신건강사회복지사가 되기 위해서는 정신보건현장에서 1년간의 수련과정을 거친다. 수련과정 이후에도 현장에서 일하면서 지속적으로 상담이론을 배우고 그 이론을 내담자들에게 적용하기 위해 노력하는 것이 이들의 역할이다. 처음에는 내담자의 정보를 정확하게 파악하고 그에 맞는 서비스를 개입하기 위한 목표를 세우기 위해 상담이론을 활용한다.

하지만 일을 하면서 내가 만나는 내담자들의 삶을 더 다양한 관점에서 이해하고 그 문제를 이겨낼 도구로 상담기법을 활용한 목표를 세우고 이를 실천할 수 있도록 개입한다. 개별상담, 집단상담, 사례관리를 통해 내담자들의 삶을 마주할 때 때론 내가 그들에게 하는 말과 행동이 순간순간 나 자신에게 하는 말이라는 생각이 들 때가 있다. "부정적인 생각보다 긍정적인 생각을 해보세요, 당신은 소중한 존재입니다. 과거를 보지 말고 현재에 집중하세요. 변화의 주체는 바로 당신입니다"라는 말로 상대방에게 위로와 지지를 하면서도 정작 나는 전문가라 하면서도 나 자신에게는 그런 칭찬과 말을 하는 것에 인색했다. 그리고 말과 행동이 다른 삶을 살아왔다.

그러다 대상관계이론을 배우게 되었다. 대상관계에서는 부모와의 관계가 나의 자아상에 미치는 영향을 매우 강조하기에 자신의 내적 자아상의 문제를 해결하기 위해서는 양육자와 빚 잔치를 하는 과정이 필요하고 그것을 통해 주체적인 나의 삶을 살아갈 수 있다고 했다.

그 말은 결국 부모가 비춰준 나의 모습 역시 온전한 나로서의 모습이 아닐 수 있기에 부모가 바라본 나의 모습이 아닌 진정한 나 자신의 모습을 찾고 발견하게 되면 나 자신을 힘들게 하고 있는 부정적 정서의 고리를 끊을 수 있는 결단이 일어난다는 것이다. 결국 우리는 부모가 써준 인생 각본대로 살아가는 인생의 배우가 아니라 얼마든지 자신의 인생 각본을 수정하기도 하고 원하는 내용을 넣어서 새로운 각본으로 살아갈 수 있는 인생의 작가라고 했다.

주체적인 나로 살아가기 위해 반드시 밟아야 할 첫 단계가 바로 나 자신이 어떤 사람인지를 아는 것 그리고 부모에게 받은 정서적인 빚(사랑, 인정, 용서)을 정산하고 새롭게 시작할 수 있는 시간을 갖는 것임을 알게 되었다. 부모와 부정적이든 긍정적이든 정서적으로 독립하지 못하면 끊임없이 부모의 사랑과 인정, 용서를 받기 위해 매달리게 되는 심리적 패턴에 익숙해서 그렇게 살아갈 수도 있다. 하지만 나는 결단하기로 했다. 내가 주인이 되는 삶을 살아가겠노라고. 부모와의 빚잔치를 통해 더 이상 부모의 사랑과 인정에 목말라 주변을 맴도는 것이 아니라 진정 내가 원하는 삶의 모습대로 한 발 내딛는 성장을 기대했다.

나는 엄마를 만나 빚잔치를 해야겠다고 결심했다. 하지만 엄마는 이미 이 세상에 있지 않았기에 엄마를 알고 있는 사람들을 만나는 것도 어쩌면 간접적으로 빚잔치를 해결할 수 있는 방법이란 생각을 했다. 그리고 그동안 잊고 지냈던 외가댁 가족들을 만나보기로 결심했다. 그렇게 나를 찾는 시간이 시작되었다.

2015년 추석명절 후 아빠에게 말씀드려 이모 연락처를 받았다. 떨리는 마음으로 이모에게 연락을 드렸다. 미국에 계신 이모는 매우 반가워하셨고 겨울에 한국에 들어가면 얼굴을 꼭 봤으면 좋겠다고 하셨다.

나는 이모를 만나기 전 많은 생각을 했다. '엄마는 어떤 분이였을까?', '엄마는 어떻게 돌아가셨을까?', '엄마의 성격은 어땠을까?', '외가댁 사람들에게 엄마는 어떤 사람이었을까?', '엄마와 아빠는 관계는 어땠을까?' '나는 엄마에게 어떤 존재였을까?' 수천 가지 생각들이 이모를 만나기로 한 순간까지 머릿속을 맴돌았다. 가족 상담을 할 때 가계도를 매우 중요하게 본다. 질병의 유전성뿐만 아니라 정서도 유전성이 있기에 정서적인 원뿌리를 찾는 과정이 필요하다. 지금 나를 만든 삶의 시작과 과정이 만들어낸 역사를 알게 될 때 진정 나 자신을 이해하는 길이 열리게 된다.

그해 겨울, 드디어 이모를 만났다. 검은색 선글라스에 머플러를 어깨에 감싼 멋진 여성이 나를 알아보고 인사했다. 이모였다. 내가 생각했던 것보다 이모는 훨씬 더 멋쟁이였고 성격도 시원시원했다. 혈육이라 그런지 까무잡잡한 피부 톤이 닮은 것 같았다. 이모와 식사를 하며 뭐부터 물어봐야 하나 생각하는 순간도 잠깐, 이모가 먼저 나에게 그동안 어떻게 지냈는지, 결혼은 했는지, 어떤 일을 하는지를 쉴 새 없이 물어보았다.

이모를 만나면 나는 영화의 한 장면처럼 너무 격한 감정에 울컥하며 부둥켜안고 울 거라는 상상을 했다. 그런데 현실은 그렇지 않아 갑자기 머쓱하여 헛웃음이 났다. 이모와 대화를 하면서 자연스럽게 엄마에 대한 이야기, 그리고 외갓집 사람들 이야기를 들을 수 있었다. 이모와 이모 가족들의 이야기도 말이다. 저녁식사를 하고 차를 마시며 밤이늦도록 이모와 주고받는 대화 속에 내가 외갓집의 혈육이란 것을 느낄 수 있었다. '피는 물보다 진하다'라고 하는 옛말이 생각났다.

내 기억에 엄마는 매우 감성적이고 예술적인 사람이었다. 하지만 엄마의 성격, 아빠와의 관계, 그리고 가족들과의 관계, 외할머니와의 관계는 잘 떠오르지 않았다. 이모를 통해 알게 된 엄마는 꼼꼼하고 세심한 성격으로 손재주가 좋아 집안일도 잘하고 요리와 꾸미는 것을 좋아하는 천상 여자였다고 한다. 하지만 주변사람들을 많이 의식했다고 한다. 그러다 보니 사람들의 말에 쉽게 상처를 받고 또 사람들을 품어주는 대범하고 통 큰 성격이 아니라 작은 일에 스트레스를 받고 마음의 상처를 담아두는 단점이 있었다고 한다.

하지만 이모는 외모와는 달리 남자다운 성격으로 털털하고 덜렁거려 엄마와 늘 비교가 많이 되었다고 한다. 반면 쉽게 상처를 받는 성격이 아니다 보니 소심한 언니와는 성격상 잘 맞지 않는 부분이 있었다고 한다. 엄마와 작은외삼촌은 외할머니를 닮았고, 이모와 큰외삼촌은 외할아버지를 닮았다고 했다.

엄마의 원가족 형제는 2남 2녀였지만 배다른 언니 두 명이 더 있다고 했다. 엄마의 형제자매는 모두 둘째 부인의 자녀였다고 한다. 그러니깐 엄마도 재혼가정으로 맺어진 가족이었던 것이다. 외할아버지와 첫째 부인 사이에 두 명의 딸이 있었는데 결혼하고 얼마 되지 않아 건강이 좋지 않아 돌아가시고 외할머니와 재혼하여 두 딸과 함께 2남 2녀를 함께 키우셨다고 한다. 엄마의 가정사에 대해서는 그날 처음 듣는 이야기였다.

"어릴 때 배다른 언니들과 나는 잘 지냈어. 그중에서도 둘째 언니와는 지금도 친 자매처럼 지내고 있는데 너희 엄마는 어릴 때부터 언니들을 미워하고 싫어했었지. 외할머니가 언니들에게 조금이라도 잘해주면 그걸 너무 싫어하는 거라. 그래서 사이가 좋지 않았어."

하지만 나는 직감적으로 그것이 우리 가정의 대물림이라는 사실을 알아챘다. 모성의 대물림이란 내 어머니를 닮은 엄마가 된다는 이론이다. 대상관계 이론에서는 이를 대상관계 패턴의 반복이라고 한다. 대상관계란 '어머니와의 관계'를 말하며 자녀가 자신의 경험을 통해 가지게 된 어머니에 대한 생각과 느낌을 대상표상, 어머니와의 관계에서 자신에 대해 가지게 된 생각과 느낌을 자기표상이라고 하여 그 패턴이 동일하게 반복된다 하여 '거울효과'라고도 부른다.

즉 엄마와의 애착관계로 인해 내가 아무리 닮지 않으려 애를 써도 결국 내 어머니를 닮은 엄마가 되고 단순히 나에게만 영향을 미치는 것이 아니라 그 애착관계가 대물림되는 것이다. EBS 다큐〈마더쇼크 - 1부 모성의 대물림〉에 나오듯, 많은 연구에서도 임신기간 중 측정된 어머니의 애착유형과 태어난 아기의 애착유형이 82%일치하고, 친정어머니의 애착유형이 75% 일치한다는 결과가 있다.

재혼가정이라는 것은 어찌 할 수 없는 상황이라 하더라도 그 정서적인 연결고리 안에 엄마와 나는 애착관계가 연결되어 있었던 것이다. 엄마가 성장과정에서 무의식적, 의식적으로 받은 상처와 가치관이 알게 모르게 대물림될 수 있기 때문이다. 그러기에 나에게도 엄마가 재혼가정 속에서 겪으면서 형성된 정서적 문제가 지금의 나의 삶에도 연결되어 있는 건 아닐까 생각해보았다.

하지만 모든 사람이 그런 대물림을 겪는 것은 아니다. 부정적인 정서 대물림은 얼마든지 끊어낼 수가 있다. 하지만 나는 지금껏 엄마가 아닌 새엄마에게 해결되지 않은 나의 감정을 표출하며 새엄마를 가해자, 나를 피해자라는 각본으로 나와 주변을 힘들게 하고 있었다. 상황과 환경이 그럴 수 있다 하더라도 그것은 온전히 나의 선택이고 나의 몫이기도 했다. 내 삶은 과거에 매여 있는 것이 아니라 언제나 내가 새롭게 선택할 수 있기 때문이다.

나는 안타깝게도 지금껏 부정적인 정서 대물림을 선택했다. 슬픔과 아픔, 원망과 비난 속에서 나를 온전히 바라보지 못하고 행복을 선택할 수 없었던 것이다. 결국 낮은 자존감과 수치심이 짜증과 원망의 초감정(meta-emotion: '감정에 대한 감정'으로, 자신이 느낀 감정에 대해 느끼는 감정을 말한다.)으로 이끌었고 그것은 가족뿐 아니라 내가 관계 맺는 많은 사람들에게도 지속적으로 반복되고 있었다.

집으로 돌아오는 길에 무언가로 머리를 세게 맞은 것처럼 머릿속이 새하얘졌다. 길을 걷고 또 걸었다. 수없이 많은 질문과 생각이 떠올랐다. 오늘 나는 28년 동안 내가 그토록 그리워하고 알고 싶어 했던 엄마를 찾을 수 있었다. 하지만 이모를 통해 알게 된 엄마는 내가 생각했던 이미지와는 많이 달랐다. 나는 지금껏 엄마라면 모성애가 넘쳐 따뜻하게 품고 사랑해주는 그런 존재라 생각했다.

그러나 엄마도 나처럼 부족한 사람이란 사실을 비로소 알게 되고 나서 내가 생각한 엄마는 내가 만들었던 모습이었음을 알게 되었다. 내가 그토록 그리워했던 따뜻하고 포근한 엄마에 대한 그리움은 관계 속에서 채워지지 않은 공허함과 외로움을 채우고자 한 나의 기대와 바람이었다.

사실 나도 그렇게 따뜻한 사람이 아니기에 어쩌면 새엄마에게 그러한 모습을 바랐는지도 모른다. 그러면서도 내가 변화되기보다는 새엄마에게 그러한 모습을 매번 기대하고 또 실망하면서 만약 친엄마가 살아 있다면 나를 조금 더 따뜻하고 한없이 품어주면서 사랑해주지 않을까?라는 기대를 했던 것 같다. 어쩌면 나는 내 안에 채워지지 않는 공허함을 달래고 외로움을 이겨내기 위해 나 자신을 그토록 찾고 있었는지도 모르겠다.

되돌아보면 나의 뿌리를 찾는 과정은 보다 객관적으로 나 자신을 볼 수 있는 시간이 되었다. 지금껏 나와 유의미한 관계를 맺고 있는 사람들이 하는 이야기들을 그저 흘러듣기도 하고 중요하게 생각하지 않을 때가 많았다. 어쩌면 내가 듣고 싶은 말만 듣기 위한 선택적 경청을 했다. 특히 친엄마와 새엄마라는 나의 내면의 선입견, 고정관념이 아무리 좋은 이야기라고 하더라도 마음속에 새엄마의 말을 왜곡해서 받아들일 때가 많았다.

그러한 나의 왜곡된 생각은 결국 관계 속에서도 피해의식, 관계 사고로 고착되었다. 그래서 엄마의 잔소리과 꾸중을 비난과 화로 받아들여 진실된 나 자신의 모습을 바라보지 못했다. 어쩌면 그러한 행동에 익숙해지다 보니 그러한 부정적 관계가 나에게 고착된 것 같다. 그리고 그러한 모습은 대인관계에서도 이어졌다.

내가 맺는 관계의 패턴을 돌이켜보면 나는 착한 모습의 가면을 쓰고 처음에는 사람들과의 관계를 맺지만 그 관계가 조금 가까워지면 혹시나 사람들이 나의 본모습에 실망할까 봐 두려워 오히려 내가 먼저 선을 긋고 사람들과의 진실된 관계를 맺지 못했다. 하지만 직장, 친구, 연인 관계를 통해 더 깊은 만남을 하게 되면 익숙했던 나의 부정적인 관계의 패턴이 무의식적으로 나와 나도 모르게 사람들과의 갈등을 만들어 사람들이 나를 떠나게 하는 모습을 만들고 있었다. 사랑과 관심을 받기를 그렇게 바라면서도 나도 모르게 나 자신을 그 사랑과 관심에서 벗어나게 만드는 행동을 하는 것이었다.

지금 생각하면 너무나 우매하고 어리석은 모습이지만 그러한 나의 사고와 행동의 패턴을 이해하기까지 꽤 오랜 시간이 걸렸다. 지금껏 사랑과 관심을 그토록 바라면서도 왜곡되고 부정적인 모습으로 사람들과의 관계를 맺으며 사랑받지 못하다고 생각하는 나 자신을 발견한 순간 너무나 소름끼칠 정도로 무서웠다. 하지만 그런 패턴이 너무 익숙해져서 나는 그동안 나 자신을 잘 모른 채 살고 있었던 것이다.

있는 그대로의 나의 모습보다는 무언가 하지 않으면 안 된다는 나의 생각이 나를 힘들게 했고, 사람들에게 잘 보이기 위해 30년 가까운 시간동안 살아왔던 내 자신에게 미안했다. 그리고 엄마에게 받지 못한 사랑에 목말라 주변사람들과 부정적인 관계를 통해 그 사랑을 대신 채우려고 했던 내 자신이 초라해보였다. '더 이상 나는 이런 모습으로 살기 싫다'라고 생각하고 결단했다. 하지만 너무나 오랜 시간 익숙한 패턴으로 살아왔기에 그 모습을 단번에 바꾸는 것이 결코 쉽지 않았다.

우선 나의 행동의 문제점을 인식하고자 했다. 그리고 몇 가지 나의 좋지 않은 행동을 발견했다. 나는 평소 사람들의 이야기를 있는 그대로 경청하지 않는 습관이 있었다. 사람들의 말의 사실에 집중하기보다는 내가 생각하고 받아들인 느낌으로 그것을 듣고 상대방에게 전달하는 경우가 많아 오해를 낳고 상처를 주고받는 일이 많았다.

지금 돌이켜보면 새엄마와의 관계에서도 그랬다. 새엄마는 시집와서 나를 받아들이려고 노력하고 시도했지만 내가 그 사랑을 밀어내고 외면하려고 했었다. 그리고 나의 생각을 사실처럼 받아들여 다른 사람들에게 나의 감정만 전달하여 새엄마를 나쁜 사람으로 인식하게 만든 경우가 많았다. 또 다른 사람들과 관계 속에서도 사람들의 말을 왜곡해서 받아들여 전달하는 과정에 오류를 낳게 하는 일들이 있었다. 이러한 일들을 떠올리자 그동안 나의 대화패턴이 얼마나 잘못되어 있음을 알게 되었다. 그리고 결국 주변사람들의 잘못이 아닌 내가 나를 알 속에 가둬둔 채 사람들과의 긍정적인 관계를 막고 있었음을 인식했다.

평소 부모님과 주변사람들이 나에게 '알을 깨고 나오라'고 하는 이야기가 비로소 무슨 말인지 알 것 같았다. 그동안 혼자만의 생각, 혼자만의 틀 속에 갇혀서 나 자신과 주변을 바라보며 잘못된 생각, 사고, 감정이 나를 힘들게 만들고 있었다.

사실 지금 생각해보면, 나는 내가 사랑받는 존재라는 것을 상대방을 통해 느끼고 싶었다. 하지만 나 자신을 알아가는 과정 속에서 이미 많은 사람들에게 사랑을 충분히 받고 있었으나 내가 나 자신을 사랑하지 못해서 그것이 사랑인지 몰랐음을 비로소 깨달았다. 그 순간 관계 속에서 정서적 친밀감과 자유로움을 누리지 못했고 인정받기 위해 무언가 하지 않으면 불안해했던 나의 모습이 떠올랐다. 그건 나 자신으로는 인정받지 못한다는 생각 때문이었다. 그것은 마치 꽉 막혀서 넘어가지 않는 체증처럼 수십 년 동안 나를 괴롭혀왔다.

묵은 땅을 갈아 엎어야 이듬해 좋은 결실을 맺을 수 있는 것처럼 뿌리는 찾는 일도 내가 어떤 토양에서 자라고 있는지를 아는 것, 그리고 내가 어떤 열매를 맺을 수 있는지를 아는 것, 내가 성장하는 데 방해가 되고 있는 것이 무엇인지를 발견하고 그것을 바꾸어 가는 과정인 것이다.

바싹 말라 비틀어가는 나무를 살리기 위해서는 메마른 가지에 충분한 물을 주고, 병충해로 병든 잎과 가지는 잘라내고, 누렇게 떠 있는 잎에 햇살을 비춰준다. 그러면 새 잎이 돋아나고 가지가 곧게 뻗어 비로소 자신만의 꽃과 열매로 얼굴을 드러내는 것처럼 나도 이제 진정한 내 모습으로서의 삶을 살아가길 기대한다.

외할머니를 만나다

35살 겨울, 잊고 있었던 삶의 한 조각을 찾게 해준 이모와의 만남을 통해 나의 뿌리를 알게 되었다. 그동안 나의 상처에만 갇혀서 나를 위해 기도해주었던 주변사람들이 얼마나 많이 있었는지를 미처 모르고 있었다. 그래서 나는 이 세상에 나를 존재하게 해준 소중한 사람을 만나러 갔다.

푸른 물결이 넘실거리는 감천항이 한눈에 들어오는 구평고개에 외할머니는 계셨다. 어릴 적 외할머니 댁의 기억이 어렴풋이 떠올랐다. 외할머니 댁 위에는 작은 교회가 있었고 그 곳에서 나는 외할머니와 많은 시간을 보냈다. 외할머니는 손녀인 나를 예뻐해 주셨고 엄마의 건강을 위해서 새벽마다 눈물 흘리며 기도하셨다. 그런 할머니가 지금은 연세가 많이 들고 건강이 쇠약해져 병원에 계시다고 하니 마음이 좋지 않았다.

28년 만에 꼬마에서 어른이 되어 나타난 손녀를 할머니가 알아보실까라는 기대반 설렘 반으로 할머니께 다가갔다. 할머니는 올해 구순을 바라보고 계셨다. 왜소한 체구에 흰머리, 그리고 이가 다 빠져 볼이 쏙 들어간 입가, 깊은 주름살 너머로 그동안 할머니의 한숨과 아픔이 전해져왔다. 자녀 둘을 먼저 보낸 어미의 마음이 어찌 다할 수 있으랴. 잘은 모르지만 할머니의 삶도 그렇게 순탄치만은 않았으리라. 한평생 자식을 가슴에 묻고 살아온 시간을 잊고 싶어서일까 할머니는 현재의 기억을 하지 못했다. 작년 이맘때 치매로 진단을 받고 요양병원에 계신 할머니를 뵙는 순간 가슴이 아려왔다.

할머니의 기억 속에 내가 있을까 하는 조심스런 마음에 이모가 전해준 어릴 적 엄마와 나의 사진 몇 장을 들고 할머니께 보여드렸다. 할머니는 내가 누구인지는 모르지만 내가 보여준 엄마의 사진을 보며 "좋다~"라는 말만 하셨다. 그리고 나의 사진을 보여드리며 "할머니 저 지연이예요. 저 기억하시겠어요?"라고 하자 "결혼했나? 남편은?"이라는 이야기만 되풀이하셨다. 정확하게 나를 기억해내지는 못한 것 같아 엄마 이름을 이야기하며 나를 설명하자

할머니는 눈물이 난다며 눈물을 훔치셨다. 또렷이 나를 기억해내지는 못하셨지만 어떤 감정과 느낌으로 가슴속 깊이 묻혀둔 기억이 떠오른 듯했다. 더 이상 마음이 아파 사진을 보기 싫다고 하시며 나에게 "죽은 남편 생각하지 말고 결혼해서 자식 놓고 잘 살아라고 하셨다."

나를 손녀가 아닌 엄마나 이모로 기억하는 것 같았지만 그래도 할머니가 힘겹게 내뱉는 한마다 한마디가 따뜻하기만 했다. 마르고 여위어 뼈만 남은 할머니 손을 붙잡으니 그동안 참았던 눈물이 왈칵 쏟아졌다. 이렇게 살아계셔서 그래도 얼굴 뵐 수 있어 너무 감사하고, 너무 늦게 찾아뵈어 죄송하다는 말을 하며 건강하게 오래 사시라고 기도를 해드리자 할머니는 마음이 편안하신지 눈을 감고 내 기도를 들으셨다.

모든 것에는 다 때가 있듯이, 지금 이 순간이 바로 내가 나의 뿌리를 찾을 때가 아닌가 생각했다. 또 오겠다는 말을 남기고 할머니와 인사를 나누자 있는 힘껏 내 손을 꽉 잡으며 "잘 살아라"고 거듭 말씀하셨다. 병원에 계신 할머니를 뒤로한 채 나오는 발걸음이 무거웠다. 조금 더 일찍 찾아뵙지 못한 아쉬움과 후회가 늦은 오후 햇볕에 부서지는 파도의 물결처럼 내 마음에 일렁였다.

그해 오월 어버이날에 외할머니 얼굴을 다시 뵙고 싶어 찾아가려고 했지만 시간이 여의치 않았다. 그리고 며칠 후 5월 29일 새벽

2시 43분에 외할머니가 하나님의 품으로 떠나셨다는 소식을 듣게 되었다. 이모는 "외할머니가 평생 가슴속에 묻어놓고 그리워하던 엄마와 막내삼촌을 만나러 가는 길이라 발길이 급해 넘어질지도 모르겠다"라고 했다. 나 역시 그토록 기다렸던 외할머니와의 반가운 만남을 한 지 얼마 되지 않아 이별이란 사실에 가슴이 먹먹해졌다.

할머니를 뵈러가는 발걸음이 무거웠다. 빈소에 들어서자 상주로 계신 외삼촌이 단번에 나를 알아보시고는 "할머니가 돌아가신 것보다 너를 만난 게 더 눈물이 난다"라며 눈물을 훔치셨다. 오랫동안 뵙지 못했던 외삼촌과 숙모, 사촌동생들 그리고 처음 알게 된 엄마의 배다른 이모들도 만날 수 있었다. 오랜 시간이 흘러 만난 친척들은 나를 보고 반가움에 눈물을 흘렸다. 조금 더 일찍 찾아뵙지 못해 죄송한 마음이었지만 지금이라도 찾아 뵙고 인사드릴 수 있어 감사했다. 외할머니는 살아계실 때 늘 나의 안부를 묻고 많이 보고 싶어 하셨다고 했다. 어쩌면 할머니는 기억이 희미해지는 순간에도 끝까지 나를 만나고 가시려고 기다리셨는지도 모른다는 생각이 들었다. 어쩌면 할머니와의 만남은 엄마가 나에게 준 마지막 선물이었다.

할머니를 떠나보내기 위해 운구차를 타고 장지로 갔다. 할머니의 묘는 도시 외각에 있는 공원에 있다고 했다. 양지바른 언덕 위, 외할아버지 옆에 할머니는 고이 묻히셨다. 그동안 교회에서 새벽마다 눈물 흘리며 기도했던 할머니를 기억하는 성도들이 오셔서 위

로와 기도를 해주셨다. 그중 한 분이 장례 후 나에게 다가와 조심
스럽게 말을 건넸다. "혹시 니가 지연이니?" 그분은 할머니와 같
은 교회를 오랫동안 다닌 장로님이셨다. 엄마가 항암치료를 받을
때 집에 와서 기도도 해주고 병문안도 갔다며 나를 기억하고 있다
고 했다. 할머니를 통해 엄마의 마지막 순간을 기억하고 계신 분을
만날 수 있어 감사했다. 어린아이에서 이제는 숙녀가 된 나를 바
라보며 할머니의 오랜 기도의 열매가 바로 나라는 말로 축복과 위
로를 해주셨다.

할머니를 하나님의 품에 보내드리고 내려오는 길에 그동안 나
의 뿌리를 찾는 과정을 떠올려봤다. 처음에는 빛 잔치를 위해 용기
내는 것이 쉽지 않았지만 하나하나 나를 알아가는 과정 속에 마음
속에 쌓아둔 숙제가 점점 해결되어감을 느낄 수 있었다. 나를 온
전히 알기 전까지 나의 존재를 인정하고 사랑하지 못했지만 나를
알아갈수록 나는 내가 생각하는 것보다 훨씬 많은 사람들의 사랑
과 축복 그리고 기도를 통해 자라고 성장해온 소중한 사람이었음
을 알게 되었다.

내가 알지 못했을 뿐이지 나를 기억하고 있고 그리워했던 사람
들의 기도와 눈물로 나는 그렇게 사랑의 빚을 지고 있었다. 하지만
그 사랑을 너무 늦게 깨달았다. 그리고 많은 시간을 원망과 미움으
로 마음의 벽을 세운 채 그 속에 갇힌 모습으로 비뚤게 세상을 바

라보고 있었다.

그동안 내가 느끼고 생각한 것이 나의 왜곡된 사고에서 비롯된 생각이었을 인식하자 그동안 나를 가둬둔 갑갑하고 어두웠던 암실에서 벗어나 자유롭고 밝은 세상이 나를 마주함이 느껴졌다. 나 자신을 온전히 인정하고 바라보는 세상은 이전과는 달랐다.

모든 것이 감사하게 느껴졌고 있는 그대로의 나를 인정하고 받아들이게 되었다. 그리고 나의 환경에도 감사했다. 낳아준 엄마, 길러준 엄마, 그리고 두 곳의 외가가 이전에 나에겐 부끄러운 일이었지만 이제는 더 없이 축복된 일이라 생각했다.

뿌리를 찾고 난 지금, 그동안 나를 위해 기도해 주신 많은 분들의 기도가 응답된 것임을 깨닫고 주님께 감사했다. 이제는 나의 묵은 땅을 기경하고 온전한 모습으로 성장하여 내가 받은 사랑을 사람들에게 나누며 살아가는 것이 앞으로 내가 해야 할 사명이라 믿는다.

04
화해와 용서

잠깐 멈춤

여행은 잠깐 멈춤을 하기에 좋은 시간이다. 잠깐 멈춤을 통해 우리는 잠시 일상에서 벗어나 있는 그대로 나 자신을 바라볼 수 있다. 2월의 어느날 푸른 쪽빛 바다가 넘실거리는 한국의 나폴리, 통영으로 가는 버스에 무작정 몸을 맡겼다. 덜컹거리는 차에 몸을 맡기고 마르쿠스 아우렐리우스의 《명상록》을 꺼내 들어 읽기 시작했다.

나 자신을 비춰본다는 것은 참 어려운 일이지만 정말 필요한 일이다. 내면의 나를 보기 위해서는 사람이나 책이라는 거울을 통해 자신을 올곧게 비춰볼 수 있다. 수천 년 전 이미 우리의 선조나 세계의 많은 위인들은 책과 지혜자들을 통해 끊임없이 자기수련을 통한 주체적인 삶을 살아가고 있음을 알 수 있다. '나는 주체적인 삶을 살고 있는가?'라는 질문을 하며 여행은 시작되었다.

주체적인 삶을 살기 위해서는 나 자신을 알아야 한다. 나 자신을 알려면 나를 내려놓고 상대의 이야기에 귀 기울이는 것이 참된 나를 만나는 일이다. 하지만 우리는 자아의 생각, 아집, 선입견, 가치에 쌓여 타인의 말에 귀를 기울이며 살지를 못한다. 결국 우리를 괴롭게 하고 힘들게 하는 모든 감정은 외부가 아닌 나 자신 그리고 생각 속에 있다는 사실을 깨닫는다.

어느새 통영에 도착해 처음 내딛는 낯선 풍경, 거리, 사람들 속에서 이방인이 된 기분이었지만 새롭고 설레는 기분이 나쁘진 않았다. 관광안내소에서 가져온 지도를 펼쳐 눈길이 닿은 곳은 문학기행코스였다. 청마 유치환, 김춘수, 박경리, 윤이상 선생을 만나보기로 했다. 유치환 선생을 만나러 가는 길에 문화마당에 떠 있는 거북선이 눈에 들어왔다. 강구안을 에워싼 거북선에서 한려수도를 지켜낸 이순신 장군의 패기와 용맹이 느껴졌다.

바다냄새가 진하게 배어 있는 강구항 중앙시장은 오고가는 사람들 속에 활기가 차고 넘쳤다. 펄떡이는 생선과 신선한 해산물이 내뿜는 비릿한 물내음이 관광객의 눈과 코를 사로잡아 멈춰서게 했다. 연인, 친구들과 함께 온 사람들은 동피랑 벽화마을에서 사진을 찍으며 즐거워했다. 나도 그 사이에 살짝 끼어 사진을 찍으며 기분을 느껴보았다. 몇 분을 걸어 올라간 망일봉 기슭에서 유치환 선생을 만날 수 있었다.

몇 년전 어머니들과 함께 가족캠프로 다녀왔던 거제도에서 본 유치환 선생의 생가가 떠올랐다. 그의 삶이 투영되어 통영에서는 그의 문학작품의 숨결을 느낄 수 있다. "파도야 어쩐란 말이냐. 파도야 어쩐란 말이야." 미루나무와 남풍 등의 강하고 절개 있는 그의 어조가 가슴에 들어왔다. 행복이란 시는 연인과 오랜 시간 나누었던 연애편지를 보는 듯했다. 그리고 그의 서정적이고 여리면서 따뜻한 마음을 느낄 수 있었다. "사랑하는 것이 사랑을 받느니보다 행복하다"는 구절을 읽으며 나는 진정 누군가를 조건없이 사랑하고 아껴주는 진정한 마음을 가진 사랑을 한 적 있었던가?라는 질문을 던져보았다. 금가루 뿌려놓은 것처럼 오후 햇살에 비춰 반짝이는 강구항을 내려다보며 사랑을 받는 것보다 주는 것의 기쁨을 나도 느끼고 싶어졌다.

다음으로 향한 곳은 윤이상 선생의 생가와 해저터널이었다. 세계적인 작곡가인 윤이상 선생의 생가를 찾아뵙는다는 설렘도 잠시 표지판을 따라간 그곳을 두 바퀴나 돌았지만 생가를 찾기가 쉽지 않았다. 나는 이상하다는 생각을 했다 근처에는 통영국제음악당만 보일 뿐 유럽 5대 작곡가에 손꼽힐 만한 통영 출신인 그의 업적이 통영시에 많이 새겨져 있지 않다는 것에 아쉬워하며 해저터널로 향했다.

최근에 알게 된 사실이지만 통영시에서는 그를 기리는 공원과 그가 나고 자란 터를 도로공사로 매몰시키고 그의 흔적을 지우기에 몰두해 있다고 한다. 그가 민주화 운동과 이미 고문 조작사건으로 판결이 난 동백림 사건으로 옥고를 치렀기 때문이라고 한다. 박근혜 정권 시절 윤이상평화재단은 블랙리스트에 올랐고 윤이상 콩쿠르에 대한 국가 예산도 전액 삭감되었다는 사실이 너무나 안타까웠다. 그의 음악세계에 대한 국제적 평가를 보더라도 그의 생가는 당연 문화재로 보호해야 마땅하다고 본다.

살아생전 윤이상 선생이 일본에서 배를 타고 통영 앞바다까지 오셨다가 고향 땅을 밟지 못했다는 이야기를 듣고 얼마 전 김정숙 여사가 묘지에 참배하고 동백나무를 심었다는 뉴스를 들었다. 뉴스를 들으며 그를 팔아 유네스코 음악창의도시까지 만든 통영시가 더 이상 윤이상 선생의 업적을 폄하해서는 안 된다고 생각한다.

윤이상 선생의 사건을 보며 '약속'에 대한 생각을 떠올려보았다. 살아가면서 우리는 나 자신에게 또는 타인에게 수많은 약속을 한다. 그리고 그 약속을 평생 지킬 수 있을 것처럼 쉽게 이야기한다. 하지만 시간이 지나면서 기억도 희미해지고 어쩔 수 없는 상황이 생길 때 우리는 약속을 조금씩 잊게 된다. 그리고 결국 그 약속을 못 지킬 때가 있기도 하다. 하지만 약속은 사전적 의미가 장래의 일을 상대방과 미리 정하여 어기지 않을 것을 다짐한다는 뜻인 만큼 어기지 않은 것을 전제로 한다. 그렇지만 그 약속을 지키지 못할 때 우리는 부끄러워하거나 잘못을 시인하는 것이 필요하지 약속을 지키지 못한 것을 당연하게 생각하는 것은 잘못된 생각이고 행동인 것이다.

하지만 돌아보니 나 역시 약속에 대해 너무 쉽게 생각한 경우가 많았다. 늘 다짐하고 변화하겠다고 나 스스로나 타인에게 약속을 해놓고서도 돌아서면 잊어버리는 경우도 많았고, 이기적인 생각에 약속을 일방적으로 어긴 경우도 있었다. 약속을 쉽게 생각했던 나의 성숙되지 못한 행동이 떠올랐다. 나의 약속은 중요하게 생각하면서도 타인의 약속은 쉽게 잊거나 지키지 못하는 이기적인 행동으로 약속을 때에 따라 다르게 적용한 적이 많았다. 그러다 보니 약속을 나는 어길 수 있고 남은 반드시 지켜줘야 하는 이중적인 잣대로 약속을 지키지 않았던 몇몇 사건이 생각났다.

그 당시에는 약속에 대한 나의 인식이 얼마나 잘못되었음을 깨닫지 못했다. 어떤 상황에서 결정을 내려야 할 때는 동일한 기준에서 공정하게 판단해야 했으나 그러지 못했다. 동일한 잣대를 나와 상대에게 적용시켜야 하는 것이 약속의 진정한 뜻이자 원리라는 것을 윤이상 선생의 일을 통해 내 삶에 비춰보며 나의 못난 생각과 이기심을 통영바다로 던져버렸다. 그리고 앞으로는 약속의 개념을 조금 더 신중하게 돌아보고 지키겠다고 다짐했다. 작은 약속도 중요하게 여기고 지킬 때 관계 속에서 신뢰가 세워지고 좋은 관계가 다시 시작될 수 있음을 말이다.

역사 속에서 때로 우리는 삶의 지혜를 찾고 또 배움을 익힌다.

그래서 책과 여행은 우리의 삶을 깨우쳐주는 소중한 자원이자 보물임을 다시 한번 느꼈다. 여행이라는 잠깐 멈춤 속에서 그동안 잊고 있고 놓치고 있는 소중한 것들의 중요함을 알게 되었다. 진정 나자신을 바라보는 것, 주체적인 나로 살아가기 위해서는 내가 나 자신을 바라보는 깨어 있는 눈이 있어야 한다. 여행을 떠날 때 가졌던 삶의 무게가 한결 가벼워졌고 잔잔하게 나의 삶을 내려놓고 돌아볼 수 있는 시간이었다.

화해와 용서

2016년 9월 엄마를 만나러 갔다. 나의 뿌리를 찾기 위해 몸부림쳤던 종착역에 온 것이다. 8살 때 엄마와 이별하고 28년 만에 인사를 하러 오니 쑥스럽기도 하고 어색했다. 엄마는 김해평야가 넓게 펼쳐진 아름다운 곳에 계셨다. '그동안 얼마나 내가 오기만을 기다리고 계셨을까?'라는 생각과 마지막 인사도 제대로 나누지 못하고 떠나보낸 그때를 생각하니 가슴이 뛰었다.

엄마가 좋아했던 노오란 해바라기꽃을 사서 묘지 앞에 도착했다. 아빠는 준비한 수건으로 비석을 닦고 꽃이 바람에 날아가지 않도록 화병을 단단히 고정시키기 위해 작은 돌을 찾고 있었다. 그동안 기일, 명절 때마다 혼자서 엄마를 찾아왔다는 아빠는 익숙한 모습이었다. 하지만 오늘은 딸과 함께 인사를 오게 된 것이 어색해서

인지 애꿎은 비석만 계속 닦으셨다. 하지만 어느새 아빠의 눈시울이 붉게 물들어졌음을 느낄 수 있었다.

나지막이 "같이 인사드리자"는 말을 하고는 눈을 꼭 감고 아빠와 나는 말없이 기도를 드렸다. 그렇게도 찾았던 엄마를 만나니 그리움에 울음이 터져나올 것 같았지만 애써 울음을 삼켰다. 엄마가 지금 아빠와 나를 천국에서 보고 있을 거라는 생각을 하니 오히려 슬픔보다 기쁨이 더 커는 것 같았다. 엄마도 내가 아빠와 함께 찾아와준 것이 기쁘셨는지 차를 타고 올 때만 해도 구름에 가려 어둡던 날이 점점 환하게 밝아졌다.

나는 아빠와 함께 어느새 붉게 저물어가는 김해평야를 바라보며 엄마에 대한 이야기를 나눴다. 아빠는 엄마에 대한 기억을 떠올리며 엄마가 그렇게 된 것이 아빠의 탓이라고 되뇌였다. "그때 조금만 더 일찍 병원에 데려갔더라면 살 수 있었을텐데…"라는 아쉬움을 내비치며 말을 잇지 못했다. 그리고 엄마를 살리기 위해 마지막까지 엄마를 업고 전국을 뛰어다녔던 아빠의 이야기를 들을 수 있었다.

그 말을 들으면서 어쩌면 그동안 가장 힘든 사람은 내가 아닌 아빠였을 거란 생각이 들었다. 사랑하는 부인을 떠나보내고 하나뿐인 딸을 잘 키우기 위해 새로운 가정을 만드는 일은 쉬운 결정이 아니었을 것이다. 사별의 아픔과 새로운 책임감은 가장으로서 짊어지기에 외롭고 힘든 시간이었으리라. 하지만 그 아픔과 슬픔을 온전히 마음속으로 삭히며 지나온 세월을 생각하니 아빠의 뒷모습이 한없이 가엽고 애처로웠다. 그리고 가정을 지키기 위해 지금까지 가족들을 위해 헌신하고 수고한 세월에 감사했다. 그동안 그 마음을 한 번이라도 헤아려드리지 못하고 나만 힘들다고 불평하고 원망하며 지내온 나 자신이 부끄러웠다.

엄마는 34살의 젊은 생을 마감하고 떠나셨지만 살아생전에 '후회없이 해볼 거 다 하고 간다'고 아빠에게 마지막 인사를 했다고 한다. 아빠는 엄마를 위해 헌신적으로 잘 해드렸던 것 같다. 떠나면서 그렇게 이야기하기 힘들었을 텐데 말이다. 그리고 '나를 꼭 잘 부탁한다'는 말을 하셨다고 한다. 아빠는 그래서 나에게 외롭지 않게 온전한 엄마의 품을 빨리 만들어주고 싶었던 것 같다.

하지만 나는 그런 아빠의 마음을 미처 몰랐다. 비로소 그동안 우리 가정을 위해 힘들어도 흔들리지 않고 한결같이 버티어준 든든한 아빠의 울타리에 감사했다. 그리고 그런 아빠를 둔 나는 축복받은 사람이라는 사실을 깨달았다.

엄마와 아빠가 함께한 그곳은 편안했다. 그리고 이젠, 내가 엄마에게 마지막 인사를 할 준비가 때가 되었음을 알았다. 그동안 붙잡고 있던 후회와 원망, 미움의 감정을 떠나보내고 이제는 감사와 사랑, 기쁨을 누리는 삶을 선택하겠노라고 마음속으로 다짐했다. 그리고 준비되지 못한 만남 속에 서로에게 상처를 주며 아프게 했던 새엄마와의 관계도 돌아보게 되었다. 그 순간 이전에 이모가 나에게 해준 말이 떠올랐다.

"지연아, 아빠도 새엄마도 너를 공들여 열심히 키워줬으니 그 공을 잊어서는 안 된다. 자기가 낳지 않은 더욱이 남편을 나눠가진 사람의 자식을 키우는 일은 아마도 이 세상에서 여자가 할 수 있는 일 중에 가장 힘든 일이 아닐까 생각한다. 더욱이 너가 네 엄마 성격을 닮았다고 하니 필시 새엄마는 신앙의 힘이 아니면 견디기 힘들었을 것이다. 우리는 지나간 과거의 사람이고, 간혹 네가 살아가면서 곁가지란 외로운 생각이 들 때 너에게도 뿌리가 있다는 정체성을 알려주고 싶었다. 그리고 할머니도 만나 뵙고 너의 뿌리도 알았으니 지나간 과거의 인연에 집착하지 말고 현실에 충실히 적응하면서 살기 바란다."

이모의 말처럼 낳은 정보다 기른 정이 더 어렵고 힘든 일임에 28년간 신앙으로 우리 가정을 이끌고 기도와 사랑으로 키워준 새엄마에 감사했다. 엄마와의 화해는 결국 아빠와 새엄마와의 화해로 연결되었고 내 마음이 용서와 사랑으로 채워짐을 느낄 수 있었다. 그리고 내가 그동안 얼마나 많은 시간을 헛되이 보냈음을 알게 되었고, 앞으로는 가족들과 긍정적인 관계를 위해서 노력해야겠다고 생각했다.

뿌리를 찾는 일은 내 생애 가장 잘한 일이라 생각한다. 만약, 그 정체성을 모른 채 내가 또 가정을 꾸렸다면 나는 엄마와의 정서적 대물림을 똑같이 자식에게 하고 있을지도 모른다. 그러기에 이모의 말은 나에게 큰 깨우침을 주었고 과거가 아닌 현재의 삶에서 나에게 소중한 사람이 누구인지를 다시 돌아보게 했다. 그것은 마치 단단히 고정된 것이 떨어져 나간 느낌이었다. 이젠 내 자신과 우리 가족이 모두 건강한 모습으로 회복되어가길 바란다. 아마도 가까이 있는 것에 소중함을 깨닫기 위해 그토록 오랜 시간이 걸렸는지 모르겠다.

이젠 난 더 이상 아이가 아니라 행복과 불행도 내가 선택할 수 있는 힘이 있는 성인이기에 현재 나에게 맡겨지고 주어진 모든 것에 감사하며 주체적이고 행복한 삶을 선택할 것이라 다짐한다.

어린 시절의 경험이 평생을 간다고 한다. 어린 시절 사랑하고 사랑받았던 경험이 어른이 된 뒤에도 많은 사람들과의 관계 그리고 좋은 배우자를 만나는 데도 결정적인 영향을 준다는 의미인 것 같다. 이전에 나는 사람들로부터 사랑 받기 위해 의존적인 모습을 보였고 그 속에서 진정한 자유함을 누리지 못했다. 하지만 나를 믿고 지켜준 많은 사람들로 인해 나는 이제 진정한 독립과 홀로서기를 할 수 있게 되었다.

나를 찾아 떠나는 삶의 길목에서 만난 사람들은 모두 나를 비추는 거울이 되었다. 그리고 그들을 통해 존재의 기쁨을 만나게 되었다. 이젠, 나에게 오월은 더 이상 그리움이 아닌 찬란하게 빛나는 계절이다.

05
성장의 기쁨

오동나무 꽃

늦여름 숲을 걷다 보면 고상한 연보랏빛 꽃송이가 바람에 흩날리는 모습을 본다. 오동나무 꽃이다. 우아한 빛깔의 꽃송이가 조명을 단 듯이 숲길을 비추고 있는 모습은 모든 이들의 발길을 멈추게 한다. 나팔모양의 꽃에서 은은하게 퍼지는 달콤한 향이 코 끝을 매료시킨다.

신흠申欽, 1566~1628: 조선중기의 유명한 학자로 호는 상촌象村이다의 《야언野言》에는 '오동은 천 년이 지나도 가락을 잃지 않고, 매화는 일생 추위도 향기를 팔지 않는다'는 구절이 있다. 옛부터 오동은 우리생활 속에 친근하고 필요한 나무였다. 울림이 풍부하여 아름다운 선율의 전통악기인 가야금, 거문고를 만드는 재료로 사용된다. 또 예부터 딸 가진 집 마당에는 오동나무를 심어 시집갈 때 함이나 농을 만들어 보내기 위한 용도로 사용되기도 했다. 다른 나무에 비해 성장의 속도가 빠르면서도 세월이 지나도 변하지 않는 오동의 견고함과 단단한 내공은 어느 나무에 비해 뛰어나다 할 수 있다.

한 뼘 두 뼘 쑥쑥 커져가는 오동나무를 보며 성장한다는 것은 어떠한 풍파에도 변하지 않는 단단함과 견고함을 지니는 것임을 깨닫는다. 수많은 세월의 계절과 풍파를 견디어 견고한 나무가 되듯이 수많은 때와 계절이 모여 삶이 만들어진다.

인간은 태어나 유아기와 아동기를 거쳐 청소년기, 성인기, 중년기, 노년기에 이르기까지 생의 주기를 따라 살아간다. 시간이 모여 때가 되고 때가 모여 계절이 된다. 봄이 되면 씨를 뿌리고, 여름이 되면 잎이 나고 꽃이 피고, 가을이 되어 열매를 맺고 자신의 모든 것을 다 주고 나면, 겨울을 또 다시 자신의 흔적을 남기기 위해 씨를 뿌려 땅속에 씨를 숨겨두는 자연의 현상처럼 우리의 삶도 이러한 현상을 따라간다.

공자는 자신의 인생을 돌아보며 《논어》 〈위정편〉에서 삶의 때에 이루었던 과업과 역할을 이렇게 말하고 있다. 15세에 지학志學 즉, 학문에 뜻을 두게 되었고 30세에 이립而立하여 인생의 기초를 세우고 자신의 길을 확립하였다. 그리고 이립을 통해 부와 권력에 미혹하지 않고 살아가는 불혹不惑의 40세를 맞이할 수 있었다. 그렇다면 나는 지금 인생의 어디쯤에 서 있는가? 숫자로는 이립而立을 통해 나의 길을 확립을 했을 때이나 과연 그러한 성장을 해오고 있었

는지, 그리고 불혹不惑할 준비가 되었는지 생각해본다. 오동나무 꽃
진 자리에 지나온 시간들이 함께 쌓여 있다.

성장의 기쁨

항해를 할 때 배에 물이 새거나 노의 방향이 틀리거나, 물살의 때
를 맞추지 못하면 배가 앞으로 나아가기가 힘들다. 이를 부정합不
整合 상태라고 하는데 한 방향으로 나아가는데 걸림돌이 되는 원인
을 빨리 찾아낼 때 정합整合 상태가 되어 한 방향으로 힘을 쏟아서
속도를 낼 수가 있다.

인생도 항해와 같다. 인생이라는 긴 항로를 나아갈 때 배의 속도
와 방향이 균형이 이루어지고 배가 튼튼하다면 아무리 가파른 물
살도 뚫고 나아가 원활한 항해를 할 수 있다. 하지만 속도와 방향
이 균형을 이루지 못하거나 배의 균열을 보수하지 않은 채 항해를
하게 되면 사고가 나거나 좌초되기 마련이다. 이때 무엇이 문제인
지를 깨닫고 해결하기 위해 노력해야 한다.

우리는 누구나 인생의 멋진 항해를 꿈꾼다. 하지만 멋진 항해에
는 그만큼의 고통과 노력, 변화가 필요하다. 쉽게 얻을 수 있는 것
은 없다. 하지만 변화를 하기 싫어하면서 성장을 기대한다. 그런 일
은 세상에 존재하지 않는다.

이 글을 쓰기 전까지는 생각만 하고 실행하지 못하는 사람이 바

로 나였다. 늘 나의 문제는 이런 것이라고 이야기하면서도 생각으로만 결단하고 또 다시 생각으로 변화하겠다고 다짐만 했다. "천리 길도 한 걸음부터"라는 옛 속담처럼 행동하고 실행을 해야 변화가 있는데 그 변화를 위해 늘 나는 생각만 하고 한 걸음 떼기를 싫어했다. 그러다 보니 늘 같은 문제가 반복되고 또 반복되는 악순환의 고리가 나의 인생의 항해를 방해하고 있었다.

특히 관계에서 나는 어려움이 많았다. 하지만 그때마다 문제를 정확하게 인식하지 못했다. 그저 문제의 책임을 가족, 주변사람, 운명을 탓하며 나의 통제 밖의 일이라 밀어냈다. 그러다 보니 늘 좌절감, 무력감, 외로움이 내면에 자리하고 있었다.

변화동기이론에서는 이를 무관심 단계라고 하는데 이 단계에 있는 사람들은 대부분 자신을 제외한 다른 사람들이 변하기를 바란다. '부정', '합리화'라는 방어기제를 사용하여 스스로 문제를 회피하며 저항하게 된다.

결국 이러한 행동패턴이 변화를 바라면서도 성장하지 못하게 되는 큰 걸림돌이 되었다. 나의 뿌리를 찾기 전까지 꽤 오랜 시간 동안 나의 문제을 바라보지 못했다. 그러다 사람들의 만남 속에서 나의 문제를 인식하게 되었고 심사숙고와 준비단계를 거치게 되었다. 이전에는 과거만 보고 문제에만 초점을 두었다면 현재 그리고 미래를 생각하며 해결책을 생각하게 되었다.

어떻게 하는 것이 더욱 나를 행복하게 살게 할 건인가? 그것은 내가 선택할 수 있는 일이기에 행복한 삶을 위한 실천계획을 세워 변화를 시도하고자 했다. 그것은 특별한 것이 아니지만 내가 잘 되지 않아 결단하고 노력해야 할 부분이었다. 우선 그동안 성장에 걸림돌이 되었던 나의 행동을 인지하였고 그것을 변화시키기 위한 5가지의 실천원칙을 만들었다.

첫째, 다양한 만남을 가져라.

다양한 삶의 경험을 통해 얻는 것은 인생을 폭넓게 해줄 수 있다. 하지만 그동안 나는 내 안에 틀에 갇혀서 관계의 장을 넓게 펼치지 못했다. 과거에 매여 나를 껍질 안에 가두고 그저 나를 사랑해주는 사람들에게만 마음을 열었다. 어떻게 사람들이 나를 볼까?라는 이미지에만 집착하다 보니 진정한 만남을 갖지 못했다. 결국 허울뿐인 관계 속에 나는 더욱 공허해졌고 깊은 만남을 이루지 못했다.

이제라도 어떠한 시선과 이미지를 벗어나 공간, 생각에 갇혀 피상적인 관계가 아닌 다양한 분야, 다양한 공간에서 살아가는 사람들과 진솔한 만남을 하기로 결단했다. 그것을 위한 방법은 독서와 여행, 그리고 의미 있고 생산적인 만남이다.

둘째, 수용하고 행동하라.

다른 사람들의 이야기에 경청하는 것은 매우 어려운 일이다. 나이가 들수록 자신의 생각과 주장이 강해지기에 경청이 더욱 어려워진다. 특히 나의 경우 타인의 이야기를 잘 경청하지 않고 내 생각이 많아 일을 그르치는 일이 많았다. 그리고 그때마다 생각을 이성적으로 전달하기보다는 감정적으로 표현하여 논지를 흐릴 때가 많았다. 나의 고집과 아집을 내려놓으니 주변 사람들의 이야기가 귀에 들어왔다.

이전에는 그저 잔소리, 비난으로 들리던 것이 이제는 나에게 좋은 충고와 권면의 소리로 들렸다. 그동안 조금 더 수용하는 법을 알았다면 혹독한 실패를 겪지 않고 일을 더 쉽고 지혜롭게 해결할 수 있었을 텐데라는 아쉬움이 많다. 하지만 지금부터라도 타인의 말에 경청하고 합리적인 판단을 위한 결단과 행동을 시작해보고자 한다.

그러기 위해 어떠한 상황에서도 내 생각과 감정을 우선 내려놓고 상대방의 이야기를 있는 그대로 수용하고 경청한 후에 나의 생각을 정리하는 습관이 필요하다. 더 좋은 것을 선택하기 위해서는 다양한 견해를 듣고 나의 의견을 수용하거나 비판할 수 있는 열린 귀가 있어야 한다. 그리고 상대방의 의견이 좋을 때는 그 의견을 적극 동의하고 그 의견에 따르도록 적극 행동하는 것이 필요하다. 그저 듣고 흘리는 것이 아니라 좋은 의견이나 안건을 나의 것을 만들려고 시도해보고 노력하는 것이 너를 더 성장시키는 비결임을 알게 되었다.

인본주의의 창시자인 칼 로저스는 '충분히 기능하는 사람'은 경험에 개방적이고 실존의 삶(매 순간에 충실한 삶을 영위)을 살아가며 자신을 신뢰하고 창조적이고 자유로운 사람이라고 하였다. 즉 자아를 완전히 자각할 때 심리적 적응, 성숙, 완전한 일치, 경험에 개방적인 변화를 이끌 수 있음을 알 수 있다.

셋째, 삶의 매 순간을 기록으로 남겨라.

내가 경험하고 만난 순간, 그리고 나의 행동, 그때의 경험과 생각을 표현하는 최고의 방법은 기록이다. 메모, 일기, 사진, 글 어떤 것으로든 기록하고 남길 때 그 기록이 모여 내 삶의 또 다른 발자취와 길이 되어줄 것이다. 그동안 현장에서 일하면서 보고서 및 제안서 작성은 많이 해왔다. 하지만 실질적으로 내가 현장에서 경험한 노력과 실패, 경험을 글로 남겨놓은 일은 소홀했다. 더 솔직히 말해서는 며칠 쓰다가 마는 습관에 익숙했다. 며칠간은 하겠다고 다짐해놓고서도 습관이 되지 않아 책이나 글쓰기 모두 중간에 포기하는 경우가 많았다.

하지만 앞으로는 나의 상황을 일기나 글로 기록하는 좋은 습관을 기르는 연습을 하고자 한다. 나의 글을 누가 판단하는 것에 대한 평가에 집중하다 보면 글을 쓰는 데 어려움이 있다. 그저 있는 그대로 솔직한 내 생각과 마음에 집중하는 글쓰기를 습관화하는 노력을 하다 보면 진솔하고 솔직한 글이 내 삶의 큰 변화를 이끌 것을 믿는다.

넷째, 역지사지易地思之 자세를 가져라.

상대방의 행동을 바라볼 때 어떻게 그럴 수가?라는 태도가 아니라 내가 저 상황이라면 어떻게 할까?를 먼저 생각하는 훈련이 필요하다. 특히 나는 남보다는 내가 우선인 나쁜 습관이 많이 배어 있었다. 이기적이었고 사랑에 집착하여 내가 더 나아야 하고 내가 더 좋은 것을 먼저 해야만 했다. 하지만 그러면 오히려 관계가 더 나빠지기 마련이다. 그리고 상대방의 실수와 잘못을 탓하기 전에 나는 그러한 실수를 하고 있지는 않은지 나 자신을 돌아보아야 더 큰 실수를 하지 않게 된다. 우리가 만나는 모든 사람들이 나의 거울임을 기억하고 생각하며 말과 행동을 늘 조심하고 노력해야 한다.

다섯째, 즐겁게 변화하라.

나이가 들면 더 익숙하고 편한 것만 찾으려는 항상성이 생긴다. 그럴 때 익숙한 것을 찾기보다 용기 내어 새로운 것을 선택하고 시도해보라. 길을 걸을 때나 음식을 먹을 때나 새로운 것을 시도해보는 작은 습관이 즐겁게 변화하는 나를 만들게 된다. 때로 익숙한 것이 더 편하기 때문에 변화를 하는 것에 있어 에너지를 내는 것이 싫을 때가 있다.

하지만 결코 그러한 에너지는 나를 배신하지 않는다는 것을 알게 되었다. 내가 열정을 가지고 시도한 모든 것은 결국 이후에 나를 변화시키는 매우 소중한 자원이 된다. 귀찮거나 변화하기 싫을 때

즐겁게 변화를 외치며 일할 때 뇌도 젊어져서 창의적인 생각, 새로운 도전을 두려워하지 않게 된다. 변화를 즐기며 시도하면 결국 그것이 온전히 내 것이 되어 있음을 느끼게 될 것이다.

나는 나의 삶의 기준을 너무 늦게 세웠다. 이러한 삶을 조금 더 일찍 깨달아 실천하며 꾸준히 지켜왔다면 지금보다는 인격적으로나 실력으로나 조금 더 나은 모습을 가질 수 있었을 텐데 하는 아쉬움이 크다. 하지만 지금이라도 나의 문제를 인식하고 어떻게 변화할 것인지를 실천해 나가기 위해 한 걸음을 내딛게 된 일은 나에게 큰 변화이다.

사회복지라는 학문을 통해, 현장을 통해 나는 그동안 사람들을 돕는 일을 했지만 정작 나의 문제를 인식하고 변화하기까지는 많은 시간이 걸렸다. 다른 사람들에게는 변화하라고 이야기하면서도 부끄럽게도 나 자신에게는 그런 변화를 말과 생각으로만 하면서 지내왔다. 하지만 더 이상 이대로 살아가는 것은 아니라는 생각에, 살아지는 대로 생각하는 것이 아니라 생각하는 대로 살아가기로 결심했다.

생각만 하고 실행하지 못하는 사람, 늘 내가 아닌 주변이 변화하기만 바라던 사람이 바로 나였다. 하지만 모든 상담이나 책을 통해서 보았듯이 변화의 주체는 타인이 아니라 나 자신이 되어야 한다. 내가 변화해야 주변이 변화고 가정이 변화하고 사회가 변화된다.

변화는 결코 쉽지 않다. 늘 우리는 익숙했던 패턴과 상황 속으로 무의식적으로 걸어간다. 하지만 내가 또 그렇게 하고 있구나를 직시하는 것만으로도 우리는 자신이 빠졌던 문제에서 벗어날 수 있다.

여전히 나도 같은 실수를 반복하며 넘어질 때도 있다. 생각만 하고 실행하지 못하는 사람, 내가 아닌 주변이 변화되기를 바랐던 사람이 나였다. 하지만 이전과 달라진 나의 모습은 주변의 많은 사람들과의 관계 속에서 '충분히 기능하는 사람'으로서 나 자신을 바라보게 되었다는 사실이다. 자유롭고 행복한 삶을 위해서는 때론 고난과 고통이 따르고 실패와 좌절이 반복되기도 한다. 하지만 꾸준히 그것을 실행하고 인내하며 변화를 위해 노력하다 보면 결국 나 자신도 모르게 한 뼘 더 성숙해진 모습을 마주하게 될 것이다. 우리의 몸이 자라듯 영혼도 함께 성장하며 자라난다.

영혼의 성장은 현재 자신의 모습을 인정하는 것에서부터 시작한다. 그리고 그것은 수양을 통해 연마되고 완성되어야 한다. 마치 악기처럼 연주되어야 하고, 길처럼 걸어갈 수 있어야 한다. 결국 인생 자체가 영혼의 성장을 위한 여행이라고 생각한다.

알을 깨다

"새는 알을 깨고 나온다. 알은 하나의 세계다. 새로 태어나려는 자는 하나의 세계를 파괴해야 한다." 헤르만 헤세의 《데미안》에 나오는 말이다. 알을 깬다는 것은 어려운 일이다. 하지만 내 경험과 지식, 마음속 고정관념이라는 울타리를 용기 내어 치운다면 새로운 진실의 세계를 마주할 수 있다.

알을 깨기 위한 방법 중 경험을 통해 배우는 방법이 있다. 모든 경험을 직접 겪고 변화를 시도하는 방법이다. 하지만 시행착오로 인생의 모든 것을 배울 만한 시간이 부족하다. 경험을 통해 배우는 것도 현명한 일이지만 다른 사람들의 간접 경험을 통해서 배우는 것은 더 현명한 일이다. 우리는 서로의 삶의 교훈을 통해서 배움으로써 불필요한 좌절을 피하고 더욱 목적 있는 삶을 살아갈 수 있다.

나에게 그러한 삶의 교훈을 깨닫게 해준 사람들이 있다. 바로 정신장애 자녀를 둔 어머니들이다. 2014년부터 현재까지 약 4년이라는 짧지 않은 시간동안 어머니들의 삶을 함께 나누고 만나면서 그들이 살아온 삶의 기쁨과 슬픔, 성공과 실패, 사랑과 미움, 용기와 두려움의 다양한 감정을 만날 수 있었다. 그들의 삶에 가장 필요한 것은 자녀의 회복이었다. 하지만 나에게는 그 회복이 자녀보다 어머니 자신의 삶의 회복처럼 들렸다.

어머니들이 진정한 삶을 마주할 용기, 그리고 자녀를 통해 보여지는 엄마, 아내로서의 삶이 아니라 어머니 스스로 자신의 삶을 바라보고 지금 현재 자신이 할 수 있는 일에 최선을 다하는 법을 알려주고 싶었다. 그래서 '30년 만의 휴식, 새로운 출발'이라는 가족회복프로그램을 기획하게 되었고 프로그램을 통해 어머니들은 자녀의 회복이라는 문제에서 조금씩 자신이 살아온 삶, 그리고 자신의 문제와 아픔을 드러내기 시작했다. 결국 문제의 관점, 인식이 변화한 것이었다.

문제를 인식하는 것은 처음부터 되는 건 아니었다. 자녀의 변화, 자녀의 회복이 삶의 목적이고 이유라고 생각한 그 알을 깨고 나와야 했기에 기다리고 또 기다려야 했다. 프로그램을 할때는 '그렇다.' '맞다'라고 해놓고 일주일 지나고 나서 다시 만나면 언제 그랬냐는 듯 또다시 자녀의 병 전 모습을 만나기 위해 고군분투하는 어머니들이 안타까웠다.

하지만 나는 어머니들을 통해 나의 모습을 보게 되었다. '나도 저런 모습이겠구나', '나의 문제에 갇혀 있으면 내 문제가 무엇인지 보이지 않구나'라고 생각하게 되었다. 하지만 그 문제에서 한 발짝만 물러나서 나를 바라볼 때 나의 문제가 보이게 된다는 것을 알게 되었다. 어머니도 나도 우리는 모두 알을 깨는 과정에 있는 사람들이었다.

정신장애는 대개 청소년기에서 성인기에 발병하기에 어릴 때부터 병을 가지고 성장한 것이 아니라 부모님들에게는 아픈 자녀의 모습을 받아들이는 데 꽤 오랜 시간이 걸린다. 그러기에 이전의 병 전 모습을 기대하며 회복시키기 위해 모든 것을 헌신한다.

하지만 그렇다고 하여 병이 없어지는 것이 아니기에 가장 중요한 것은 당사자도 가족도 병을 받아들이고 인식하는 것이 제일 중요하다. 하지만 그것을 받아들이는 시간이 다른 장애에 비해 오래 걸리고 사람들에게조차 정신장애라는 편견이 두려워 솔직하게 이야기하지 못하는 심리적, 정서적인 고통이 어머니들의 삶을 더욱 힘들게 한다.

어머니들과의 만남을 통해 병을 인정하고 받아들이는 것, 그리고 자녀가 변하지 않는 것을 변화시키려는 노력보다는 우리가 할 수 있는 일에 더 집중할 수 있도록 관점을 변화시키는 것이 중요하다고 생각했다. 물론 당사자가 아니라서 그것이 더욱 쉬워 보일 수 있기도 하지만 그것이 바로 어머니들이 가진 '울타리'를 깨는 작업이고, 그 울타리를 깨고 나올 때 자녀도 어머니도 보다 더 회복이 될 수 있을 거란 확신이 들었다.

어머니들에게 더 이상 자식이 변하길 바라고 기대하는 이야기가 아니라 어머니가 살아온 이야기, 어머니의 경험, 생각에 집중하도록 하니 죄책감, 절망, 우울, 분노에서 조금씩 벗어나 회복, 용기, 희망을 보게 되었다. 문제에만 빠져 있으면 그 문제가 보이지 않는다는 것을 경험하게 된 것이다. 그렇게 자녀에 대한 보호부담, 염려, 걱정에서 벗어나니 한결 마음이 가벼워지고 삶의 여유와 위기를 극복하는 힘도 생기게 되었다.

프로그램의 기획 의도처럼 자신의 알을 깨기로 선택한 어머니들에게는 분명 변화가 생겼다. 처음에는 자녀의 병이 나기 전 모습으로 변화시키기 위해 잔소리, 지적을 하며 감시자로서 부모의 역할을 했다. 하지만 조금씩 자신의 내면에 집중하고 자신이 변화하기 위해 결단함으로써 자녀가 잘 할 수 있는 부분에 집중하며 칭찬과 지지를 해주는 조력자로서 역할을 시도했다. 그리고 가족자조모임이 형성되면서 관계 속에서 서로의 아픔을 위로하고 기쁨을 나누면서 서로가 서로의 좋은 거울이 되어주었다.

그리고 그러한 결단을 통해 어머니들의 삶에 우울, 절망, 회의보다 삶을 수용하는 낙관성과 감사가 늘었고, 삶을 열린 자세로 받아들이게 되면서 행복을 위한 한 걸음을 내딛게 되었다.

자신이 변화되니 자녀도 변화되고 가족 간에도 더욱 화목해질 수 있는 기회가 되었다는 어머니들은 각자의 삶의 이야기를 용기 내어 사람들에게 이야기하게 되었다. 그리고 정신장애 당사자의 가족으로서 정신장애인의 권리와 행복한 삶을 위해 함께 목소리를 내기 위한 용기와 희망을 전하고 있다.

정신장애 자녀를 둔 어머니들의 만남은 나에게는 또 다른 세상을 바라보는 거울이 되었다. 그중에서도 2부 〈숲, 생명을 품다〉에 소개된 6명의 어머님들은 자신의 알을 깨고 더 나은 삶을 위해 도전한 분들의 이야기이다. 울타리를 깨는 것은 어머니들에게도 나에게도 용기가 필요한 일이었다. 하지만 그 울타리를 깨고 나니 인생의 숲에서 진정한 자신을 발견하고, 또 다른 생명을 품게 되었다.

우리가 살아가는 삶 속에서 환경의 변화는 매우 중요하다. 그것은 개인이나, 가족, 그리고 사회에 모두 적용된다. 환경 속의 인간이라는 말처럼 우리는 우리를 둘러싸고 있는 환경을 어떻게 직시하고 받아들이느냐에 따라 우리의 삶은 달라질 수 있다. 그리고 개인이 성장할 수 있는 최고의 환경은 아니지만 최선의 환경을 만들기 위해 돕는 것이 지금 내가 하는 일이다.

꿈꾸는 사람은 행복하다. 하지만 다른 사람을 위한 삶을 꿈꾸는 사람은 위대하다. 어쩌면 나의 꿈은 나 자신의 행복을 위한 일이자, 정신장애인 그리고 그들의 가족, 더 나아가 지역사회의 변화를 이끄는 위대한 꿈이다. '영혼을 살리는 삶'을 위한 나의 사명은 소외된 이웃들의 삶이 행복해질 수 있도록 유용한 이익을 제공하기 위해 나의 삶을 나누는 일이다.

그 길이 결코 쉬운 일은 아니지만 가치 있는 일임은 분명하다. 때론 지치고 힘들 때도 있지만 나 자신을 알고 또 사람을 알아가는 것만큼 즐겁고 행복한 일이 더 있을까? 개인과 환경을 변화시켜 한 사람이, 한 영혼이 건강하게 성장할 수 있도록 돕는 일, 그것이 바로 정신건강사회복지사의 일이다.

· · ·

정신장애 자녀를 둔 어머니들은 어느 날 갑자기 자녀의 발병으로 모든 것을 잃어버리고 자녀를 잃은 슬픔과 고통 속에서 삶의 절벽에 선다. 10년 이상의 돌봄기간은 결코 쉬운 일이 아니다. 하지만 현실을 받아들이며 삶을 수용할 때 비로소 '비움으로 채워지는 삶'을 살아가게 되었다고 한다. 정신장애 자녀를 둔 부모의 사랑과 희생이 땅 속에 뜨거운 심장으로 묻혀 추운 겨울을 이겨내고 따뜻하고 빛나는 봄을 품는 그들의 삶은 생명을 품은 숲이다.

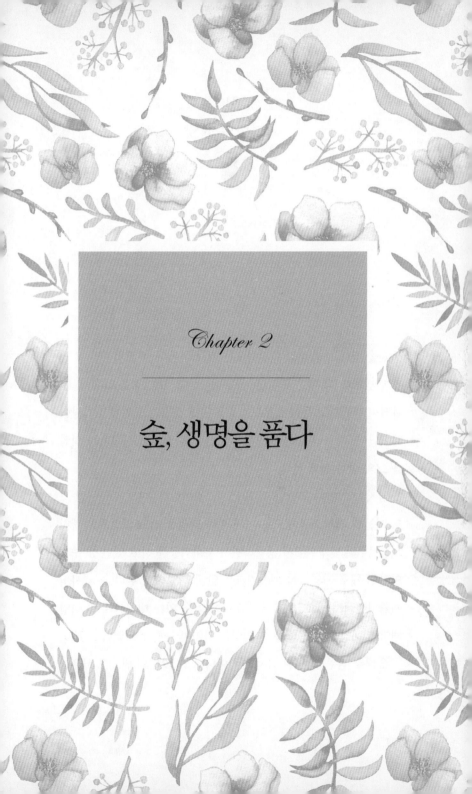

Chapter 2

숲, 생명을 품다

01
기다림의 씨앗

숲을 걷다 보면 바람에 날아오는 씨앗을 본다. 부드럽지만 그 속에 단단함을 꽉 채운 막강한 생명력을 품고 있는 작은 알갱이. 일관되고 단단하고 동시에 부드러움을 지닌 생명의 근원에서 희망이 피어난다. 푸르른 숲의 생명력은 모든 기다림에서 시작되는 것임을 그의 삶을 통해 본다.

김지숙 어머니를 만난 건 2015년 2월이었다. 여느 부모처럼 그도 아들의 갑작스런 병으로 인해 힘든 과정을 겪고 있었고 다행히 2년 전부터 낮병원에서 생활하면서 사회적응을 하고 있던 중 주치의의 소개로 지역사회 재활기관을 알게 되었다고 한다. 지역사회 재활기관에서는 조금 더 사회로 나아갈 수 있는 대인관계 및 직업재활에 대한 도움을 받을 수 있다고 하여 방문하게 되었다고 했다.

올해로 쉰두 살이 된 김지숙 어머니는 2남 2녀의 맏딸로 서울이

고향이라고 했다. 쉰을 넘겼다는 것이 믿기지 않을 정도로 젊고 빼어난 외모로 서울사람이 가진 세련됨과 도도함이 묻어 있었다. 하지만 몇 마디를 나누면서 이미지와는 사뭇 상반된 솔직하고 털털한 그녀의 모습에서 오히려 친근함이 느껴졌다.

성장과정과 결혼 전까지의 삶 : 행복했던 어린 시절

그녀는 서울이 고향으로 유년시절부터 고등학교까지 서울에서 태어나고 자랐다. 부모님의 사랑과 풍족한 환경으로 어릴 때는 남부럽지 않은 행복한 시간을 보냈다고 한다. 그의 일생에 가장 행복한 기억이 유년시절이라고 하며 기억에 남는 일을 떠올렸다.

"일평생을 되돌아 볼 때 제일 행복하고 기억에 남는 시간은 유년시절이었어요. 엄마, 아버지하고 가족관계는 너무 좋았죠. 그중에서도 돌아가신 친정아버지의 사랑이 가장 많이 기억이 나요. 엄마 아버지가 그 시대 사람치고 자식에 대한 사랑이 많았고 자식들한테도 관심이 많았어요. 저는 특히 아버지 사랑을 많이 받고 자랐어요.

엄마도 저희들에게 잘해주셨는데 아버지에 비해서는 사랑을 많이 베풀지 않는 깍쟁이 같은 성격이었어요. 차갑고 매정한 사람은 아니었지만 성격이 완벽하고 꼼꼼하고 그런 성격이 어린 나의 눈에는 차갑게 느껴졌죠. 결백하고 깔끔해서 매번 간섭하는 그런 엄마가 싫을 때도 있었어요. 엄마가 친정가족들에게 다정하게 했으면 좋겠지만 조금 예민한 성격 탓에 우리 가족 외에는 쌀쌀하게 대하는 모습이 좋지 않았어요. 그래도 아버지가 워낙 엄마를 아끼고 사랑하셨죠. 옛날사람인데도 애정표현을 많이 했고 엄마와 자녀들을 매우 아껴주셨죠."

어린 시절 아버지의 사랑을 많이 받고 자란 그는 아버지와 함께 했던 행복했던 기억을 떠올렸다. 미군부대 통역을 했던 아버지는 자주 외국을 다녀오셨고, 한국에 돌아올 때면 항상 엄마와 딸들의 선물을 한 가득 들고 오셨다고 한다. 속옷, 향수, 청바지, 세무 재킷 등 그 당시 잘 볼 수 없었던 수입품을 남들보다 빨리 경험하면서 친구들의 부러움을 샀다고 한다. 또 아버지는 주말에 가끔 꿩을 잡아서 꿩 튀김을 해주기도 했는데 그때 먹었던 그 맛을 잊을 수가 없다고 한다. 그리고 집 마당에 아버지가 손수 그네를 만들어주셔서 학교를 갔다오면 늘 그네를 타며 즐거워했던 어린 시절을 생각하며 행복해했다.

하지만 그녀에게는 불안이라는 감정이 늘 마음 한 편에 자리잡고 있었다고 한다. 그 이유는 잘 모르지만 어릴 적에 친척집에 심부름을 갔다가 길을 잃어버려 어둑해진 낯선 길을 울면서 걸어갔던 일 때문이지 않을까라고 그는 이야기했다. 심부름을 다녀온다고 나갔다가 버스를 잘못 타는 바람에 길을 잃고 어둠이 내려앉은

산길을 혼자 걸어가게 되었다고 한다. 무서움과 공포가 그를 엄습할 때 저 멀리서 환한 불빛과 함께 아버지의 목소리가 자신을 찾았다고 한다.

그 사건 이후 그는 죽음에 대한 막연한 불안과 두려움이 생겼다고 한다. 아마 그 일은 어머니에게 두려움과 공격성을 표출하지 못하고 내재화시킨 채 해결하지 못한 일로 힘들 때마다 해결되지 않은 초감정이 그를 힘들게 만드는 것 같았다.

결혼과 자녀의 발병 이전까지의 삶 : 인생은 새옹지마

행복했던 유년시절을 지나 학창시절과 성인이 되기까지 그의 삶은 인생의 길흉화복을 예측할 수 없다는 새옹지마塞翁之馬처럼 오르막과 내리막의 길 사이에 놓였다.

학창시절 어머니는 공부보다는 예체능에 관심이 많았다고 한다. 어릴 적부터 춤추기를 좋아하는 그는 체육과 무용 성적이 가장 좋았다. 그래서 어릴 적 무용수가 되는 것이 꿈이었다. 하지만 고2때 집안 가세가 기울어 더 이상 무용수에 대한 꿈을 꾸지 못하는 상황이 되었다.

당시 어머니가 건강이 좋지 않아 늘 아프셨고 치료비를 감당하느라 고등학교 졸업 후 대학진학을 포기해야 했다. 자신의 꿈을 집안의 어려움으로 인해 펼칠 수 없는 상황에 좌절감과 상실감도 느껐지만 장녀로서 동생들의 학업도 중요했기에 자신의 욕심만을 내세울 수 없는 상황을 직시했다. 그리고 현실적인 진로를 고민하다가 호텔리어가 되기로 했다. 하지만 그곳에서 남편을 만나면서 호텔리어의 꿈을 펼쳐보지도 못한 채 부산에 내려오게 되었다.

"그 당시 호텔경영학과는 S대학에 하나였죠. 저는 대학을 갈 상황은 아니어서 저는 OO재단에서 운영하는 전문학교에 들어가서 자격증을 취득하고 호텔 견습을 나갔다가 지금의 남편을 만났어요. 그 당시 남편은 S호텔의 직원이었는데 견습하면서 남편과 가까워졌고 이후 결혼을 하게 되었죠. 남편은 고향이 부산이었고 3형제 중 장남이라 홀어머니를 모셔야 했어요. 그래서 부산으로 시집을 가게 되었죠. 결혼 후 부산에서 직장생활을 하고자 했지만 애를 셋 줄줄이 낳고 결국 일을 하지 못했죠. 지금 생각하면 후회가 많이 되요."

타지에서의 결혼생활은 만만치 않았다. 남편만 믿고 부산으로 내려와 자식을 낳고 시어머니와 시동생들까지 모셔야 하는 시집살이는 그가 생각했던 환경과는 많이 달랐다. 생활력이 강하고 드센 성격의 시어머니를 모시는 일이 힘들었지만 손주를 끔찍하게 사랑하는 시어머니가 나중에는 고맙고 감사했다고 자신이 선택한 길이었기에 최선을 다하려고 노력했다.

"남편이 홀시어머니에 아들만 셋이었죠. 결혼해서 한 5년 동안은 우울증에 안 걸렸나 싶을 정도로 암흑했어요. 친구도 없고 시집살이도 힘들고. 게다가 장가 안 간 시동생이 있었는데 그 시동생 학부형 노릇도 해야 했죠. 엄마가 나이가 너무 많아서 싫다고 해서 내가 학교 졸업할 때까지 시동생 엄마 노릇을 했어요.

시어머니는 구박을 하거나 그런 건 아니었지만 너무 부지런하시고 힘도 너무 좋고 하시니 늘 깨어서 집안일 하시고 하면 내가 가만히 앉아 있을 수가 없는 거죠. 너무 부지런해서 힘든 거예요. 대신 손주는 잘 봐주셨죠. 손주라면 껌뻑 넘어가시는 분이시라 돌아가는 순간까지도 손자밖에 몰랐어요. 애가 깨어나서 젖 먹으려고 운 건데도 손주가 울면 바로 방으로 뛰어왔으니깐요. 기도 세고 부지런하고 손주에 대한 사랑이 남달랐죠. 그러다 보니 많이 힘들었어요. 하지만 세월이 지나고 나니 지금은 오히려 낳아준 엄마보다 같이 산 시어머니 생각이 더 많이 나요."

시집생활에 정신없이 결혼생활을 하고 있을 때 친정어머니가 돌아가셨다. 평소 예민한 성격에 스트레스가 많은 일을 했던 엄마는 간이 좋지 않아 병원을 다녔고 결국 병이 깊어지면서 돌아가시고 말았다. 어릴 적에는 차갑고 냉랭한 엄마가 밉기만 했는데 결혼을 하고 나서 보니 엄마도 외로운 삶을 살았다는 생각이 들었다. 늘 해외로 나가 있던 아버지를 대신해 4남매를 홀로 키워내신 엄마는 자신의 힘듦을 자녀들에게 표현도 잘 하지 않았고 자녀들에게도 감정표현을 잘 하지 않아서 장녀인 자신도 엄마의 사랑을 많이 느끼지 못하고 자랐다고 한다. 그런 엄마의 삶을 생각하니 안타까웠고 엄마가 돌아가시고 나서 부유했던 외갓댁도 금전적인 어려움이 와서 힘들어졌다고 한다.

하지만 김지숙 어머니를 가장 힘들게 한 것은 아버지의 재혼이었다. 살아생전 애처가였던 아버지가 어머니를 잊고 다른 여자와 새 출발을 한다는 것이 믿을 수가 없었다. 그런 아버지에 대한 미움과 원망이 커져 배신감이라는 감정으로 변해갔다. 남겨진 동생들은 새어머니와 같이 살아갔지만 어머니는 그 후 친정에 발길을 끊었고 한동안 부산에서의 시집살이가 오히려 자신의 아픈 상처를 달래주었다.

"결혼 후에 아들을 데리고 친정에 갔다가 아버지가 새 여자를 데리고 왔다는 걸 알게 되었고 너무 섭섭해서 대성통곡을 하면서 울었던 기억이 나요. 그 당시에는 아버지가 그랬다는 게 충격이었는데 지금 와서 생각해보면 아버지 마음도 이해는 되더라고요. 아버지 생각엔 애들만 셋이 남아 있어 엄마가 필요하다고 생각하신 거겠죠. 아버지가 우리에게 너무나 잘해주셨는데 한평생 고생만 하다가 나중에 병으로 돌아가셨어요. 그때 만약 제가 서울에 있었다면 견디기 힘들었을 거예요. 차라리 부산에 온 게 잘 된 일인지도 모르죠."

누구나 마음속에 가지고 있는 아픔의 기억들이 있다. 어머니에게는 그 아픔이 가족이었다. 가족은 우리가 태어나서 가장 처음 맺는 관계이고 그 관계가 이후의 삶에도 많은 영향을 준다. 결혼, 자녀와의 관계 모든 것이 그 관계의 패턴으로 엮어 있는 것이다. 어머니도 그랬다. 차가운 엄마의 품을 대신 채워준 아버지는 그에게 큰 울타리였고 지지 체계였다. 결혼해서도 힘들고 외로울 때 가장 그리운 사람은 아버지였다. 하지만 애써 내면의 요동치는 감정을 잠재우기 위해 그는 먼 타지에서의 결혼을 선택했고 새로운 삶을 개척해나갔다.

결혼과 자녀의 발병 이전까지의 삶 : 업보의 대물림

결혼 후 남편과 아이들을 양육하면서는 큰 어려움은 없었다. 3남매를 키우느라 어머니는 자녀양육에 남편은 직장생활에 최선을 다했다. 그러다 자녀들 학업과 생계비를 더 많이 벌기 위해 남편은 사업을 하기 시작했고 부산 경남 일대에서 꽤 큰 사업을 하면서 돈을 많이 벌게 되었다. 아이들 고등학교 때까지 남부럽지 않게 자녀들 하고 싶은 것을 해주었다고 한다.

하지만 그 시절도 잠시, 아이들이 대학을 다닐 때 남편 사업이 부도가 나서 집안이 점점 어려워졌다. 살기 위해 할 수 있는 일을 다해보려고 발버둥쳤지만 연쇄부도가 나면서 10년째 한계가 왔다고 한다. 그는 자신의 박복한 팔자로 인해 이 모든 것이 일어난 것이라고 자책하며 인생의 1막 2장인 결혼 후에도 유년시절처럼 오르막과 내리막길을 걷고 있는 자신의 삶을 한탄했다.

"당시 얘들 공부를 어떻게 시켰는지 나도 모르겠어요. 그냥 살아야 한다는 일념 하나로 버티고 또 버티고 했어요. 내 업보가 세서 그런 건지 내 팔자가 안 좋은 건지. 나의 업보가 이어오는 것 같아요."

하지만 그런 삶 속에서도 김지숙 어머니는 자녀에 대한 희생을 포기할 수 없었다고 한다. 그래서 아이들 등록금은 어떻게 해서든지 마련해서 졸업은 시켜야 한다는 마음에 자녀 셋을 다 대학공부까지 시킬 수 있었다고 했다.

한국 사회에서 자녀의 성공과 출세는 부모의 자랑이자 삶의 보상이기도 하다. 그러다 보니 대부분의 부모들은 자녀를 좋은 대학에 보내는 것을 성공의 지표로 삼는 경우가 많다. 부모는 자신의 기대대로 성장해가는 자녀의 모습을 통해 자녀에 대한 애정과 기대를 쏟게 된다.

하지만 자녀의 조건적인 긍정적 관심은 자녀의 행동의 기준과 규범이 되기도 한다. 즉 부모의 조건적이고 긍정적인 관심을 얻기 위해 자신의 잠재력이나 자아실현을 단절하게 되면 건전한 자아실현이 불일치하게 되고 건전한 성장과 발달에도 방해를 받게 되게 된다. 즉 한 개인을 있는 그대로 수용하고 존중할 때 한 개인은 충분히 유능하고 기능하는 사람으로 발전해갈 수 있는 것이다.

김지숙 어머니 역시 어려서부터 착하고 성실하고 부모의 기대에 맞춰준 아들을 있는 그대로의 존재로 바라보지 못하고 자녀에 대한 지나친 기대와 바람이 오히려 아들이 원한 삶을 살아가지 못하게 한 후회와 아쉬움이 있다고 한다.

"지금 가만히 생각해보면 자녀에 대한 지나친 기대가 있었던 것 같아요. 자녀가 뭘 좋아하고 잘하는지에 대한 관심보다는 부모가 바라는 삶을 선택하도록 밀어붙였던 것 같아요. 아들이 한번은 '엄마 아빠는 한 번도 너 뭐하고 싶니'라고 물어본 적이 없었대요. 가만히 생각해보니 그랬는가 싶고 학교 다닐 때 선생님이 색상감각이 뛰어나다고 칭찬하면서 미대를 보내길 권했는데 저는 미술 잘해서 뭐하냐고 국, 영, 수 잘해라고 닦달했던 기억이 있어요. 그리고 대학을 정할 때도 나중에 알게 되었지만 아들은 교사가 되고 싶어 했지만 남편과 저는 아들이 사업가가 되어 남편 사업을 물려받길 원해서 경영학과로 밀어붙인 거죠."

부모의 기대에 부응하기 위해 아들은 좋은 대학, 좋은 기업에 취업을 했지만 결국 타지생활의 외로움과 자신의 적성과 잘 맞지 않은 직장생활을 견디지 못했다. 자신이 바라고 원하는 삶을 살기보다는 부모의 기대에 만족시키기 위해 노력했던 아들은 그러지 못한 자신에 대한 좌절감을 느꼈을 것이다. 어머니의 아들에 대한 사랑과 기대는 아들이 스스로 자신이 원하는 삶을 선택하는 것을 힘들게 만들었다. 현실적인 삶과 진정 자신이 바라는 자신의 모습에 대한 부조화가 또 다른 불안과 혼란의 상태로 놓여진 것은 아니었을까?

"서울에서 모기업에 입사를 했는데 본인의 성격과는 다른 쪽으로 직장을 들어가게 되었죠. 그러다 보니 6개월 다니다가 그만두고 나왔어요. 아들은 원래 조용한 성격에 공부하고 책보고 연구하는 것을 좋아하는 성격인데 너무 우리가 원하는 방향으로 아들을 키우려고 했던 거죠. 또 아버지 사업이 굉장히 어려워지고 했을 때 장남으로서 부담감도 컸을 텐데 우리가 그래도 공부시키려고 등록금 보내주고 하니 아들도 버텨야 한다는 생각이 컸겠죠.

그래서 전공과 비슷한 쪽으로 취업도 했지만 자신의 적성과는 잘 맞지 않는 곳을 계속 다닌 거죠. 그 이후에 지방에 내려와서도 여전히 자신의 적성과 잘 맞지 않는 쪽으로 취업을 하게 되면서 스트레스를 많이 받은 것 같아요. 가족들이 경제적으로 어려운 상황에 부모에 대한 미안함에 돈을 빨리 벌여야 한다는 생각에 참고 버티다가 결국 병이 난 거겠죠. 아들이 평소에도 먼저 말을 하지 않고 자신의 얘기를 속으로 많이 담아두는 편이었죠."

자녀의 발병과 그 이후의 삶 : 고통의 나락 속으로

숨을 헐떡이며 가파른 오르막과 내리막길을 걸어왔던 시간을 뒤로한 채 이제는 조금 편히 쉴 수 있겠다고 생각했다. 하지만 그것도 잠시, 강하게 몰아치는 태풍처럼 자녀의 발병은 청천벽력과도 같이 한순간에 일어났다. 번듯한 직장을 구해 직장생활을 잘하며 지내온 아들에게 갑작스런 정신병은 믿을 수 없는 일이었다.

하지만 태풍 전 고요한 시간처럼 아들에게는 일상의 변화가 조금씩 일어나고 있었으나 그것을 조금 더 일찍 알아채지 못한 사실이 후회되었다. 일이 너무 힘들다며 회사를 그만두고 부산으로 내려온 아들은 이후 새로운 직장을 구했지만 적응을 잘 하지 못했다. 그러다 사람들이 자신을 감시하고 있다며 무언가에 쫓기듯 불안해하는 아들을 보았을 때 '아, 뭔가 잘못되었구나'라는 것을 직감적으로 느끼게 되었다.

"어느 날부터 아들이 감시당한다는 것을 느끼게 되었나 봐요. 집에서 같이 점심을 먹는데 '누가 나를 보고 있을 줄 모른다' 하고 갑자기 벽장 문을 열어보더라구요. 그때 뭔가 이상한 느낌을 받았어야 했는데 그때는 병이라고는 생각하지 못했던 거죠. 그러다가 아들이 3일을 자지 못하고 예민해지면서 발작이 일어났어요. '저기 지나가는 사람들이 자기를 감시하고 있다. 자기가 본 책을 누가 따라서 보고 자기를 쫓아온다'라고 하며 온몸이 땀으로 흠뻑 젖어서 밖으로 나가서 차도에 뛰어들려는 이상한 행동을 하게 되었죠.

　우리는 너무 놀라 아들이 자살이라도 할까 봐 경찰서에서 도움을 요청했는데 정신병원을 가보라고 하는 거예요. 그래서 119를 타고 병원 응급실로 실려갔죠. 그때만 생각하면 아뜩해요. 한순간에 아들이 환자가 된 거예요. 조현병환자. 너무 기가 막히고 암담하고 말도 못했죠. 다른 병도 아니고 정신병이라는 것이 너무 치명적으로 받아들여지고 너무 암울했죠. 완전 마른하늘에 날벼락이라는 말이 딱 맞아요. 번개가 내리친 거예요."

건강하던 사람이 갑자기 암에 걸렸다는 선고를 받는 것과 마찬가지로 갑자기 멀쩡하던 사람이 정신병이라는 진단을 받는 것은 당사자는 물론 가족들에게도 하늘이 무너져 내리는 심정과 같은 일이다. 또한 일반적인 병과 달리 정신과적인 질병은 남들에게 꺼내놓기가 수치스럽고 부끄럽고 숨겨야만 하는 그런 인식이 우리 사회에 많다 보니 가족들에게는 그러한 시선을 견디는 것이 무엇보다 힘들고 어려운 일이다.

　김지숙 어머니도 처음에는 그러했다. 하지만 병을 숨긴다고 낫는 것도 아니고 인정하지 않는다고 해서 아들이 이전처럼 돌아오는 것도 아니라는 생각에 빨리 치료를 결심했다고 한다. 그러다 보니 비교적 다른 사람들에 비해 늦은 나이에 발병을 한 것과 조기치료로 인해 회복 가능성이 높다는 주치의의 말에 희망을 가질 수 있었다.

"처음에는 약을 먹으면 부작용도 있고 힘들었는데 낮병원 1년 다 닌 게 도움이 많이 되었어요. 약물증상교육, 스트레스관리교육 등 을 하면서 이전에는 집 밖을 전혀 나가려고 안 했는데 규칙적인 생 활을 하고 낮에 일어나서 나가는 것 자체로 기쁘고 좋은 거예요. 그 후 S기관으로 옮겨서 취업준비도 하고 있죠. 그저 아침에 일어나서 갈데가 있고 집에만 있지 않는 것 자체만으로 좋아요."

하지만 늘 어머니는 아들에 혹시라도 '재발이 되면 어떡하나'라 는 생각에 아들의 행동과 말 하나하나에 민감해졌다고 한다. 평소 와 조금이라도 달라지는 행동이나 모습을 보면 불안감이 생기고 걱 정이 되어 잠시라도 아들에게서 눈을 뗄 수 없었다.

하지만 그런 불안이 자녀에게 전혀 도움이 되지 않는다는 것을 그때는 몰랐다. 불안감마저도 놓으면 또 다시 무슨 일이 일어날 것 만 같은 더 큰 불안이 점점 어머니를 고통의 나락 속에 떨어뜨리 게 했다.

"한번씩 아들이 낮잠을 잘 때 불안해요. 제가 교육을 받다 보면 우울증, 정신과 환자들이 자살을 할 가능성이 높다고 하는 이야기 를 들었어요. 그러다 보니 아들이 방에서 문을 잠그고 긴 시간 자면 내가 놀라고 불안한 마음에 너무 힘이 들어요. 그러다 보니 아들이 문을 열지 않으면 방 열쇠가 없을 때는 칼로 문을 열어서 꼭 확인을 해요. 그러면 아들이 나한테 '참 별나다'고 그래요. 그래도 내가 너무 불안하니깐 그렇게 되요.

또 아들의 사생활을 때로는 침해하는 일도 생기도 해요. 아들의 요즘 어떤 상황인지를 알기 위해 휴대폰도 한번씩 보게 되는데 주치의 선생님께 그러면 안 된다고 해서 그 후부터는 안 봐야지 하는데 불안하니깐 또 보게 돼요. 그러니깐 아들이 조금이라도 다른 모습이 있다 싶으면 '재발증상 아니냐'고 말하고 그런 것에 민감하게 반응을 하게 되죠. 아들이 그럴수록 내가 더 버티고 해야 하는데 내가 점점 더 의심을 하게 되고 불안해하니 고통의 나날이었죠."

지금 현재의 삶 : 기다림의 씨앗

김지숙 어머니는 처음엔 아들이 재발하면 어떡하나,라는 불안이 컸다. 하지만 한편으로는 아들의 회복에 대한 희망이 있었기에 버틸 수 있었다고 한다. 회복을 위한 힘을 붙들 수 있게 한 가장 큰 부분은 형제, 자매들의 지지였다. 힘들 때 위로해주고 함께 아파해주는 가족들이 있었기에 힘든 순간에도 마음을 강하게 붙들 수 있었다. 또 조현병을 이해하기 위한 교육과 거기서 만난 가족들과의 만남을 통해 '나 혼자만 힘든 것이 아니구나'를 느끼며 함께 어려움을 극복해가는 용기를 얻었다고 한다.

"제가 버틸 수 있었던 이유는 여동생과 남동생들 때문이예요. 우리 형제의 우애가 굉장히 돈독해요. 그리고 여동생이 부산에 있어 늘 많은 얘기도 할 수 있어 좋죠. 그리고 뒤늦게 불교공부를 하면서 집에서 묵상하고 기도하고 하는 게 도움이 되죠. 또 S기관에서 하는 가족모임과 가족교육을 통해 비슷한 처지에 있는 가족들을 만나서 위로받고 경험담도 이야기하면서 힘을 많이 받게 되었죠."

특히 아들의 병을 이해하지 못하고 아들이 게을러서 그렇다고 생각하며 병을 받아들이지 못하는 남편이 처음에는 미웠지만 아들의 발병이 남편만의 문제는 아니었다는 것을 알게 되면서 자신의 삶을 돌아보게 되었다.

가족 내 불화를 대부분 자신의 문제로 돌리는 경우는 많지 않다. 대부분 남편이, 자녀가 그렇게 되어 자신이 그렇게 할 수밖에 없다는 회피, 비난이라는 화살을 사용하게 된다. 하지만 모든 문제의 해결책은 자신을 돌아보는 것에서 시작된다. 자기자신을 알지 못한 채 모든 문제의 화살을 타인에게 돌리면 누구도 자신의 책임이나 잘못을 인정하지 않게 되거나 아니면 가족 내 희생양을 만들어 결국 문제의 근원을 해결할 수 없게 된다.

어머니도 처음에는 가족의 갈등을 남편의 사업부도와 힘들었던 경제적인 상황이라 생각했고 그로 인해 모든 것이 힘들어졌다고 생각했다. 만족스럽지 않은 경제적 생활이 이후 아들의 병에도 미친 영향이 크다고 생각했다. 경제적 여유가 없다 보니 자녀들이 하고 싶은 일을 해주지 못하는 경제적 결핍과 그런 자신의 삶을 부정적으로 바라보고 목표를 뚜렷이 잡지 못하는 것이 현재 자신과 아들을 있는 그대로 바라보지 못하게 만드는 이유라 생각했다.

하지만 가족상담을 통해 오히려 자신의 불안과 염려가 아들에 대한 지나친 기대, 그리고 과거 미해결된 좌절의 감정이 연결된 것임을 인식하게 되었다. 즉 아들을 있는 그대로 받아들이지 못하고 부모의 기대에 부응하는 아들로 살아가게 했음을 느끼게 되었고, 어머니 자신의 삶을 돌아보게 되었다.

성장과정에서 부모와 맺은 융합으로 부모의 상실과 좌절의 경험이 불안감 감정으로 지속적으로 남아있었고 그런 불안이 또 아들에게 대물림되어 관계 속의 불안감을 만들고 있었다. 어머니는 그런 자신의 모습을 뒤늦게 발견하고 있는 그대로 자신을 내려놓고 기다리고 인내하는 힘이 부족했음을 깨닫게 되었다.

"아들이 저렇게 되고 나서 내 삶을 되돌아본 계기가 많죠. 남편의 경우 요즘은 '다 내 탓이다'라고 생각을 해요. 나도 지금은 그런 마음이 적지 않게 들어요. 그리고 다시 자녀를 교육시키고 키운다면 그렇게 안 키울 텐데라는 후회가 많이 들어요. 아이의 성향을 고려하지 않고 부모의 뜻대로 키웠다는 생각이 많아요. 좀 더 그때 아이를 잘 파악했다면 나의 고집과 기대를 조금 버렸을 것이 이해하고 받아들이며 키웠다면 이런 식으로는 안 왔겠지라는 생각이 들어요. 하지만 지금와서 보니 그 모든 게 내가 살아온 방식이었고 우리 부모로부터 이어져왔던 정서적 연결고리였는데 내가 그걸 몰랐던 거죠."

그리고 새로운 희망과 기대를 가지게 되었다고 한다. 있는 그대로 온전히 자녀를 바라봐주고 자신을 내려놓는 것은 힘들었지만 가치 있는 삶에 대한 생각의 기준이 이전에는 경제적인 풍요함이었다면 이제는 사랑으로 바뀌었다고 한다. 무조건적인 사랑을 위해 많은 시간과 노력을 들여야 하고 나 자신을 이해하고 받아들이는 것부터가 가족, 주변사람들과 행복하게 살아가는 힘이 된다는 것을 느끼게 되었다. 비우면 비로소 보인다는 것을 배우고 현재도 그러한 삶을 살아가고 있다. 기다림의 힘은 결국 자신에게 해주는 희망의 말이다.

"아들을 돌보면서 느끼는 거는 자녀가 나의 거울인 것 같아요. 아들이 기분이 좋아 보이고 웃어주면 내 마음도 금세 거기에 따라가요. 내 마음이 자녀의 기분과 감정에 따라 좌지우지되더라구요. 흐렸다 갰다가 항상 반복이죠. 그래도 이게 내가 받아들여야 할 숙

명이라면 죽을 때까지 나의 일이라 생각하고 최선을 다하고 싶어
요. 항상 나에게는 희망이 있어요. '우리 애는 좋아질 것이다'라고
생각하고 기다리니 이런 희망이 생기더라구요. 그런 암시를 늘 나
자신에게 해요. 그러다 보면 삶에 희망을 잃어버리지 않고 살아갈
수 있죠. 그런 마음을 늘 가지고 살아가고 있다는 게 제일 중요한
것 같아요."

있는 그대로 상대를 바라보고 기다려주는 것은 매우 중요한 일
이다. 하지만 그러한 삶을 실천하는 것은 결코 쉽지 않다.
　김지숙 어머니의 인생의 숲을 거닐면서 자신에 대한 믿음과 신
뢰로 인한 삶의 수용적인 태도가 타인에 대한 인정과 존중으로 변
화될 수 있다는 것을 믿게 된다. 경험은 최고의 권위라는 로저스의
말처럼 아들을 통해 그는 일관되고 단단하고 동시에 부드러운 씨
앗이 되어 삶을 회복해나간다.

꽃피우기

김○우

내 온몸에 꽃을 피우자.
예쁜 생각만 하도록 뇌에는 노란 꽃.
따뜻한 마음을 가지도록 심장에는 빨간 꽃.

좋은 일을 하도록 손에는 하얀 꽃.

그렇게 온몸에 꽃을 피워 아름답게 살자.

*2015년 그림으로 듣는 시, 음악으로 보는 시 기획전에 전시된 아들의

  자작시

02
흔들리며 피는 꽃

살아가는 것은 흔들리는 것이다. 이 세상에 변하지 않는 것은 아무것도 없고 또한 영원한 것도 없다. 물건은 오래되면 상처를 입고 사람도 나이가 들면 늙고 나무 또한 언젠가는 쓰러지거나 죽는다. 우리가 살아가는 인생 가운데 무엇이 나를 흔들리게 하는지 아는 것은 중요하다. 그리고 그 흔들림을 통해 때론 쓰러지기도 하고 제자리에 서 있기도 한다. 흔들리는 것이 인생이라는 한 시인의 말처럼 최경주 어머니의 삶을 통해 그 속에 작은 행복을 찾아본다.

최경주 어머니는 경북과 충북의 경계선에 있는 산골마을에서 3남 1녀 외동딸로 태어났다. 상주가 고향인 어머니는 어린 시절 산과 들로 친구들과 술래잡기를 하거나 풀 따러 다녔던 시절의 추억을 가지고 있다. 그래서인지 산골소녀의 순박한 모습을 여전히 간직하고 있다.

2015년 가족사업을 통해 만난 그녀는 항상 배움에 대한 열정이 가득 넘친다. 환갑이 지난 지금도 배움에 대한 끈을 놓치 않고 많은 교육이나 강연에 참석한다. 그런 그의 열정 때문인지 지난날을 돌아보면 흔들림 속에서도 넘어지지 않고 든든히 자신을 붙들 수 있었다. 무엇이 그를 흔들었는가를 생각해본다. 삶의 많은 풍파 속에서도 꿋꿋이 견디어낸 어머니의 삶은 한 편의 드라마이다.

성장과정과 결혼 전까지의 삶 : 나를 키운 팔 할八割

최경주 어머니는 자신의 지난날을 떠올리며 엄마의 이야기를 먼저 꺼내놓았다. 어린시절 엄마는 늘 건강이 좋지 않고 또 외로움을 많이 탔던 분이라고 한다. 그 당시에는 어머니가 왜 그렇게 우리를 두고 빨리 떠나셨을까라는 생각에 원망도 했지만 커서 자신이 엄마가 되어보니 친정엄마가 참 외로운 삶을 살아오셨다는 생각이 든다고 한다.

"나는 초등학교는 충북으로 다니고, 중학교는 경북으로 다녔거든. 부모님은 농사를 지으셨고 나는 오빠들이 거의 모든 일을 다 해주며 호강스럽게 자랐지. 어머니가 초등학교 3학년 때 돌아가셨어. 그때는 불교가 너무 너무 강한 집안이다 보니깐 조금만 아프면 어머니가 굿하는 사람들을 모시고 와서 굿도 하고 그랬어. 어머니가 너무 깔끔해서 그 시절에는 양말이 없고 버선이나 옷은 목양목 천으로 만들어가지고 늘 삶아야 하는 그런 옷을 입었어. 그때는 블라우스, 남방을 한소데(半袖〔반소데〕: 반소매라는 뜻의 일본말이다.)라 불렀는데 그런 옷도 깨끗하게 입히고 아주 귀하게 나를 키웠던 것 같아요.

그렇게 자라다가 내가 초등학교 3학년, 밑에 동생이 나보다 4살 떨어지니깐 나보다 더 어렸는데 어머니가 돌아가셨지. 나는 어머니가 다시 돌아오실 줄 알았어. 동네어르신들이 나중에 일 년 지나고 봄에 온다고 하는 말을, 어리석게도 그 말을 믿었던 것 같아."

봄이 되면 다시 올 엄마를 기다리며 그는 오빠들 밑에서 성장했다. 조용한 성격에 외로움을 많이 타는 엄마는 말이 많지 않았다고 한다. 그리고 그녀의 어머니는 어린나이에 시집와 네 자녀들을 키워내는 것이 버거웠는지 친정엄마가 그리울 때마다 산소를 다녀오시곤 했단다. 그런 엄마의 모습이 어린 나의 눈에도 안쓰러워 보였다.

"어머니도 외동딸이거든요. 주변에 아무도 없고 사촌은 있지만 부모에 대한 애착 같은 것을 가지고 있었던 것 같아. 외할머니, 외할아버지 얼굴을 몰라요. 일찍 돌아가셨겠지. 그러니 늘 음식을 이고 산소에 가셨던 기억이 나거든. 그리움이 많았지. 그 마음을 내가 모르지만 처음에는 그 마음이 미움으로 남는 거야. 왜 우리를 두고 일찍 가셨는지. 나중에 세월이 지나면서 이해가 되는 거라.

　그리고 늘 엄마가 절에 가거나 굿을 했는데 그때는 왜 그렇게 하셨는지 이해가 되지 않았지. 그런데 그런 거를 함으로 인해 병도 낫고 힘이 드니깐 그 힘든 마음을 자식들이 어리니깐 모르는 거지. 지금 같으면 대화를 하고 그랬을 텐데. 그때는 우리가 너무 어렸지."

최경주 어머니는 엄마의 사랑을 채 알기도 전 너무 어린아이 때 이별을 했다. 하지만 동생들을 제 몸같이 아끼고 키워준 오라버니가 있었다. 그는 자신을 키워준 오라버니에 대한 사랑과 고마움이 더 크다고 한다. 그의 삶을 돌아볼 때 자신이 있게 만든 팔 할八割은 바로 큰오라버니였다. 어머니가 돌아가시고 나서 큰오라버니는 가족의 생계와 살림을 맡았다. 가족들은 오라버니의 도움으로 시골에서 벗어나 학교를 나오고 대학도 들어가게 되었다. 동생 3명을 끝까지 책임지기 위해 헌신한 오라버니가 있었기에 불행하거나 외로운 삶을 살지는 않았다고 한다.

"엄마가 돌아가시고 제 위로 오라버니 둘은 일찍 결혼을 했었지. 군복무를 마시고 큰오라버니가 일찍 결혼을 했어. 나는 아버지하고 올케언니하고 오라버니, 동생하고 같이 살았어. 오빠 밑에서 나는 학창시절을 보냈는데 어머니 돌아가시고 나자 오빠가 그 당시 어머니 하시던 일^{事業}을 싹 다 정리하고 교회를 나갔어. 나도 그때부터 오빠 따라 교회를 나갔지.

엄마가 돌아가셨지만 새언니하고 오빠가 결혼하고 아버지도 계시고 그 밑에서 성장해도 다른 친구들에 비해 못한 것도 없었어. 그리고 오빠는 우리가 시골에 있기보다는 시골에서 나와서 공부를 하면서 미래지향적으로 보내려고 하셨지. 그래서 남동생은 K대 영문학에 다녔지. 오빠가 대학 뒷바라지를 해줬지.

그러다가 10년 후에 아버지가 돌아가셨어. 아버지도 돌아가시고 나니깐 부모 역할은 더욱이 오빠하고 언니가 하는 거라. 작은오빠도 머리가 굉장히 좋았는데 가정이 너무 어려워 가지고 공부하는 게 쉽지 않았어. 작은오빠는 결혼하고 나중에 목사가 되었어. 큰오빠는 동생들을 위해 육체적으로 헌신을 많이 했지. 큰오빠 덕분에 우리가 이렇게 살아오게 된 거를 주변서도 인정을 해. 그래도 너는 오빠들이 있어서 너무 좋다고 해. 굉장히 많이 부러워하는 이야기들을 했었거든."

어머니의 삶에 있어 오라버니는 부모보다 더 소중하고 감사한 분이었다. 어려운 형편에서도 동생들을 키워낸 그 사랑에 극진한 예우를 표했고 존경심도 가지고 있었다. 없는 살림에도 남 부러울 것 없이 자라고 동생들도 다 잘 클 수 있었던 것은 책임감 있는 오라버니의 헌신과 수고 덕분이었음이 가슴으로 전해왔다.

결혼과 자녀의 발병 이전까지의 삶 : 타지에서의 외로운 결혼 생활

오라버니가 집안의 모든 일을 결정하다 보니 어머니는 이후 결혼문제도 오라버니의 의견에 다 따랐다고 한다. 어머니는 고향에서 오빠와 함께 살기를 바랐지만 오라버니는 도시에 나가서 결혼하길 바랐다. 그러다 보니 처남을 고를 때도 조건을 다 따지면서 고르고 골라 동생에게 이야기해주곤 했다. 그런 오라버니가 있어 든든하기도 했지만 성인이 되어서도 모든 결정을 오라버니에게 의존해야 했기에 자립심이나 독립심이 크지 못한 것에 부분에 못 내 아쉬움도 있었다.

"결혼도 오라버니가 보고 아니다 싶으면 선이 들어와도 보여주지 않고 보호자 역할을 성실하게 해주셨지. 정말 오빠가 동생들한테 현명하고 현실적으로 보호자로서의 역할을 잘해주셨지. 지금 남편도 남편의 외삼촌과 우리 외삼촌이 아시는 사이라서 외삼촌이 오라버니께 나를 이야기해서 남편 될 사람에 대해 들어보고 이 정도면 괜찮겠다 싶어서 선을 봤지.

나는 오빠를 많이 신뢰하고 존경하는 입장에서 오빠의 말을 순종했지. 당시 오빠와 같이 부산에 와서 남편 될 사람 직장에 찾아가서 만나 보니 남편은 당시 회사의 운전을 하고 있었는데 회사 사장님의 사모님이 '최 군 같으면 흠잡을 데가 없다'라고 하셨어. 종교에 대해서도 남편 쪽 외삼촌하고 이야기해서 종교에 대해서 어떻게 생각하냐고 물으니 최 군만 부지런하고 좋으면 언제든지 가도 된다고 하여 결정을 했지."

결혼에 있어 오라버니의 결정은 결국 어릴 적 엄마를 일찍 여의고 고생한 여동생이 경제적으로도 안정되고 종교적으로도 마찰이 없는 집안에서 편안하고 행복하게 살아가기를 바라는 동생에 대한 사랑이자 배려라 생각이 든다.

"그렇게 해서 결혼해서 부산에 오게 되었고 당시 남편의 가족으로는 어머니, 삼촌, 동생이 부산에 살고 있었거든. 우리 남편 아버지는 일찍 돌아가셨고. 사실 남편도 내가 나가는 교회 사모님이 남편을 전도하려는 그 시점에 내가 남편을 만나게 되었지. 교회 생활을 하면서 정말로 평범하고 행복하게 살았어. 우환 같은 게 없더라고.
  그때만 해도 교회는 가도 말씀은 귀에 안 들어오고 교회는 안가면 안 되는 줄 알고 가서는 성도들하고 어울려서 놀러 다니곤 했어. 그때는 삶이 너무 편하고 안정되니깐 큰 고민이 없었지. 그리고 내가 아이들을 유치원 보내놓고 일하러 가고 했어. 그런데 어릴 때는 외로움을 모르고 살았는데 결혼해서 외로움을 더 많이 느꼈지."

하지만 타지에서의 결혼생활은 만만치 않았다. 어릴 적부터 집

130

안의 대소사와 모든 결정을 오라버니가 해주었기에 자신이 이제는 모든 것을 감당해야 한다는 것이 어머니에게는 힘든 일이었다. 그리고 막상 결혼을 하고 나니 생각나는 사람은 엄마였다. 외롭거나 힘들 때 옆에 엄마가 있거나 자매라도 있다면 이런 저런 넋두리라도 할 수 있으련만 그러지 못했다. 결국 그는 타지에서 생활에 적응하며 겪는 외로움을 애써 달래기 위해 집 근처에서 부업을 하면서 시간을 보냈다.

"결혼하고 애들이 어릴 때 내가 일을 하러 다녔어. 그때만 해도 산업화, 공업화 시대다 보니깐 여자들도 집에만 있기보다 공장이 가까운 데 있으면 가서 일을 하고 했지. 애들이 집에 오고 하니깐 점심, 저녁에도 집에 왔다갔다 하면서 일을 했었지."

그렇게 지내며 생활한 지 몇 년이 지나서 결혼생활에 적응이 되고 남편도 성실하게 돈을 잘 벌어오고 자식들도 잘 크면서 특별이 어려움이 없이 지냈다고 한다. 하지만 남편의 술 문제가 화근이 되었다. 직장생활을 하면서 회식의 자리가 잦다보니 어쩔 수 없이 술을 먹는 횟수도 많아졌지만 술을 먹고 나서 남편의 행동이 가족들을 힘들게 했다.

"남편하고 한번 트러블이 있었어. 나는 그래서 못 산다 그랬지.

큰 일은 아니지만 어쨌든 뭔가 소통이 안 되고 불편하더라고. 그전에는 몰랐는데 점점 그렇더라고. 그 당시 남편이 술을 좀 좋아하고 그랬지. 그러던 중에 남편과 못 산다고 하는 일이 한 번 있었어. 그때는 손을 좀 댔던 것 같애. 그래서 내가 오라버니한테 전화를 했지. 그래서 오빠한테 전화해서 나는 이래서 못 살겠다고 했지.

그랬더니 오빠가 이것들이 어떻게 살고 있는지 내가 한번 가보겠다고 해서 오시겠다고 결정을 했나 봐. 생각해 보면 그때는 내가 어려서 지금처럼 융통성이 없었지. 오빠가 우리 남편을 만나서 이야기를 했나 봐. 그래서 이야기를 하고 잘못했다고 인정을 하고 또 내가 또 그렇게 하면 내가 다시는 안 하겠다고 해서 오빠가 집으로 간 적이 있었어."

우리나라에서는 결혼하면 여자는 남의 집 사람이 되었다. 옛말에 여자는 시집가면 죽어도 그 집 귀신이 되어야 한다는 말도 있었다. 그러기에 그 시절에는 결혼한 여자가 부부싸움으로 친정에 가거나 전화를 하는 것은 바람직한 일이 아니었던 것이다. 또한 평생 부모처럼 동생들의 앞길을 위해 헌신한 오라버니에 보답하는 일이 결혼해서 잘사는 모습을 보여주는 것인데 오라버니에게 실망스런 모습을 보인 것이 어머니 마음을 더욱 힘들게 했다. 결혼 후 친정의 일은 끊고 시댁의 일만 신경 쓰라고 한 오라버니의 말이 한편으로는 고마우면서도 한편으로는 가슴 아팠다.

"나중에 오빠가 나를 많이 혼냈지. 너도 이런 부분에 잘못했다. 잘한 건 아니다라고 하니 내가 많이 속상했지. 하지만 오빠 가시고 난 뒤에 가만히 생각해보니 섣불리 전화하고 남편하고 트러블을 잘 해결하지 못하고 오빠한테 일러바친 부분에 대해 깊이 반성한다고 했지. 그리고 앞으로는 이런 부분을 반성하고 잘 살겠다고 그렇게 했지.

그 일이 있고 오빠한테 너무 죄송해서 세월이 좀 흘러서도 눈도 마주치지도 못했지. 그 후 오빠가 이제 친정의 일을 딱 끊고 이제 너는 시댁의 일만 신경 써라고 하시는 거라. 그러다 보니 너무 친정에 무관심하게 하게 되는 거라. 그 후 나는 친정어머니, 아버지 기일 때 친정 생각하고 같이 추도예배 드리면서 그렇게나마 관계를 맺고 살았지. 그 후로 오라버니에게 친정 일로 전화하는 일은 다시는 안 만들었어."

남편과의 트러블은 이후도 종종 있었지만 그때마다 어머니는 집안의 일을 절대 다른 사람에게 말하지 않고 혼자서 이겨내기로 결심했다. 그리고 아이들이 크고 나서 어머니는 배움으로 스트레스를 극복하려고 했다. 사실 어려서 배우지 못한 것이 많이 후회가 되었고 언제라도 기회가 되면 대학을 가고 싶은 마음이 늘 마음 한 구석에 자리잡고 있었다.

그래서 어머니는 그 열등감을 이겨내기 위해 검정고시를 준비했고 결국 대학까지 가게 되었다. 어머니에게 배움은 IMF시절 불안한 사회환경, 가정에서 살림만 하는 아내로서의 갑갑한 현실을 이겨낼 돌파구였고 아내로, 또 엄마로 자신감을 얻고 싶었던 간절한 욕구이기도 했다. 나이 들어 무언가를 배운다는 것이 쉬운 일이 아니었지만 배움에 대한 간절함에 어머니는 힘든 상황에서도 자신을 이겨냈다. 그리고 빛나는 졸업장을 손에 넣을 수 있게 되었다.

"나는 배우는 게 그냥 좋은 기라. 사실 학교는 검정고시해서 나왔지. 내가 어릴 적에는 딸은 아예 공부시키려고 생각을 안 하던 시절이다 보니 오빠들도 못 가는데 나는 더 못 가지. 남동생은 시대를 타고 나서 오빠가 공부를 시켜줬지. 부끄러운 이야기지만 나는 꿈보다는 현실에 매여서 살아야 하니깐 학교교육을 거의 못 받았지.

그 당시는 여자를 학교에 보내주는 게 힘든 시절이었지. 집이 넉넉하면 남자들은 보내주고 했는데 우리 동기들은 13명 중 2명 정도밖에 학교를 안 보내줬지. 그런 부분들이 자꾸 열등감이 생기더라고. 그런 게 좀 작용한 것 같애.

그러다 결혼 후에 IMF가 터지면서 내가 직장을 그만두고 그때부터 공부를 하기 시작했지. 처음에 남편은 몰랐어. (중략) 공부를 안 하다가 공부를 하려니깐 머리가 아프더라고요. 그래서 포기할까 하다가 학원을 등록해서 취소를 하려니 환불이 안 된다고 하더라고. 공부하면서 스트레스를 너무 많이 받아서 신경성 약도 먹기도 했지.

그래도 어렵게 어렵게 학교를 마쳤지. 남편도 아이들도 내가 학업을 다 못 마칠 줄 알았는데 그렇게 독학해서 졸업장을 따니 그 부분에 대해서는 긍정적이었어."

자녀의 발병과 그 이후의 삶 : 원망과 근심으로 지나온 날들

그렇게 어머니는 배움으로 자신의 삶을 되찾고 점점 자신감을 가지고 살아갈 무렵 아들에게 조금씩 변화가 생겼다. 평소에도 늘 조용하고 내성적인 성격이라 아들이 늘 그런 줄만 알았는데 그게 아니었다. 아들은 무엇 때문이었는지 몰라도 조금씩 자신만의 세계에 빠져 사람들과 소통하지 않게 되면서 아들로 인한 근심과 걱정이 생겼다. 공부도 잘했고 크게 학교에서도 속을 썩이는 일이 없었던 아들의 변화에 어머니도 담임선생님도 당황했다. 그렇게 아들은 고3 중요한 시기에 병에 걸리게 되었다.

처음에는 학업에 대한 단순한 스트레스라고만 생각했다. 그래서 원하는 대학보다는 수능점수에 맞춰 대학진학을 했다. 대학에 가서 본인이 원하는 학과로 전과를 하면 나아질 거라 생각했다. 하지만 아들은 점점 더 말이 적어졌고 방에서만 지내며 사람들과 대화와 소통을 하지 않으려고 했다. 시간이 지나면 괜찮아질 거라는 기대감을 애써 붙들며 어머니는 정신적인 문제는 아닐 거라고 마음속으로 기도했다.

하지만 군대영장이 나오면서 더 이상 미룰 수 없어 뒤늦게 정신과로 가게 되었다. 그때 받은 진단이 조현병이었다. 하지만 아들은 다른 사람에 비해 환청, 환시와 같은 양성증상보다는 혼자서 지내고 사람들과 소통하지 않고 움직이려 하지 않으려는 음성증상이 많다고 했다. 진단을 받고 나자 아들이 그동안 왜 그런 행동을 했는지 이해가 되었다. 그렇지만 갑자기 아들에게 내려진 조현병이라는 진단, 정신과 치료는 받아들이기가 힘들었다. 더욱이 누구에게도 얘기하지 못하고 혼자서 전전긍긍하면 속으로 걱정과 고민, 염려로 수많은 시간을 애태워야 했다.

"아들이 갑자기 고등학교 때 수능치고 나서 담임선생님도 체크를 잘못한 거 아니냐고 할 정도로 점수가 나오지 않았어. 그리고 평소에도 말썽이 있고 문제가 있는 아이가 아니니깐 선생님도 우리 아들의 변화나 이상한 점을 미리 파악하지를 못했지. 그런데 그때부터 조금 그런 병이 일어났던 것 같애. 담임선생님도 말하는데 애가 말을 잘 안 하잖아요. 담임선생님도 문제가 있으면 신경을 썼을 텐데 미안하다고 하더라고. 그러고는 혹시 자폐는 아닌가, 하더라고. 애가 너무 말을 안 하고 혼자 멍하니 있다고 하면서.

사실 아들이 워낙 어릴 때부터 말이 없었어요. 늘 조용하니깐 그냥 성격인가보다 싶었죠. (중략) 대학교 다니면서도 증상이 계속 진행이 되었던 거죠. 사실 그때는 심각한 병인 줄도 몰라서 병원에는 안 가면서 괜찮아지려니 생각했지. 그런데 아들이 가족들하고 밥을 안 먹고, 방에 들어가면 문을 닫고 안 나와. 밥을 해놓고 늘 자리를 비켜주고 그런 생활이 지속되었고. 이상하다고 생각했는데 사춘기 때문일 거라고 생각했지 정신과 문제라고는 전혀 생각을 안 했고 몰랐지. 수능에서 워낙 점수가 안 나와서 본인이 원하는 대학에 못 가서 저러려니 사춘기려니. 복합적으로 스트레스로 인한 증상이겠거니. 괜찮아지겠지라고 생각했어. 그런데 대학교 1학년 말쯤 군복무 영장이 나오니 본인도 그렇고 나도 그렇고 더 이상 안되겠다 싶어서 병원에 가보게 되었지."

조현병은 대개 청소년 시기인 18세~25세 사이에 많이 발병한다. 그러다 보니 사춘기의 특징적인 문제와 비슷한 면이 있어 대부분 심리적인 변화를 대수롭지 않게 여기며 지나가는 경우가 많다. 원래 내성적인 성격을 가진 경우 가족들도 병이 진행되는 것을 크게 인식하지 못한 채 병이 진행되고 나서야 병의 심각성을 인식하고 개입과 치료가 늦어지게 되면서 재활의 어려움을 겪게 된다. 최경주 어머니 아들도 바로 이런 경우였다.

그리고 병보다 더 힘든 것은 그 병을 온전히 받아들이는 과정이다. 부모도 병을 받아들이지 못하다 보니 당사자 역시 병을 인식하고 치료한다는 것에 대한 부정적인 인식이 많아 대개 중간에 임의로 치료를 거부하거나 약을 끊고 한두 차례 재발을 경험하면서 병의 진행을 더 악화시키는 경우가 많다.

정신과 질환 중에 특히 조현병은 약물로 50% 호전은 될 수 있지만 나머지는 사회 재활활동을 통해 증상관리를 스스로 해나가야 한다. 그렇기 때문에 퇴원을 하면 지역사회 재활시설로 연계되어 대인관계 및 사회 적응훈련, 증상관리 및 스트레스 교육을 통해 지역사회에서 건강하게 살아갈 수 있는 사회 적응과정을 거친다. 최경주 어머니 아들도 낮병원에 다니면서 증상이 많이 좋아져서 이후에는 자격증 취득을 통해 취업도 했다.

"아들이 2008년20살에 입원해서 그 후에 내가 2009년 가족강사 심화과정 수료증을 받았거든요. 받고 나서 낮병원의 필요성을 의사선생님께 말해가지고 2009년 낮병원에 다니다가 스스로 그만두고 나서 그 뒤로 계속 집에만 있었죠. 2015년 2월에 S기관에 오게 되었는데 아직 재활활동에는 동기부여가 잘 안 되네요. 발병할 때도 음성증상이 많았고 지금도 그래요.

그래도 병원에 첫 입원하고 초기에는 많이 좋았어요. 초기에는 학원도 다니고 알바도 지가 스스로 찾아서 하고 일도 하고 10개월 정도 했죠. 월급을 타서 갖다주기도 하고, 그리고 난 뒤에 약을 먹다가 의사선생님하고 어떤 일로 신뢰관계가 깨어졌거든. 거기서 약을 먹지 않고 재발을 하게 되었지. 그때는 제대로 된 교육도 없었고 증상관리를 어떻게 해야 한다는 걸 나도 잘 몰랐죠. 그러다 보니 2년 동안 약 안 먹고 잘 지내다가 결국에는 재발해서 병원에 들어가게 되었지."

조현병의 회복과정은 매우 장기적이다. 그러다 보니 당사자와 가족들에게 많은 인내가 필요하다. 대부분 가족들은 초반에 약물로 인한 증상의 회복을 치료가 다 된 것으로 착각하고 약을 끊고 섣불리 치료를 중단하는 실수를 할 때가 많다. 최경주 어머니도 그러한 실수를 했다. 그리고 병을 온전히 받아들이는 데 시간이 오래 걸렸다고 한다. 처음에는 부정만 하다가 안 되겠다 싶어 병에 대한 정보를 접하는 가족교육에도 참석하고 정신장애 가족들을 만나는 과정 속에서 차츰차츰 병을 받아들이고 이해하게 되었다.

어머니에게도 그러한 시간이 필요하듯 가족들도 이 병을 받아들이고 이해하는 데 시간이 필요했다. 특히 아버지는 아들의 병을 게으르다거나 의지가 약해서 걸리는 병으로 생각해 아들의 이상한 행동을 다그치면서 아들과의 관계는 더욱 멀어졌다. 그런 모습이 어머니에게는 더 큰 어려움이었다. 가족구성원 중 누구라도 병을 앓게 되면 모두가 그 병으로 인해 힘들어지듯 이 병도 마찬가지다. 병으로 인해 당사자가 겪는 고통은 말할 것도 없고 가족들의 고통도 함께 깊어져 가면서 부부관계, 자녀관계에서도 불화와 원망으로 점점 가족이라는 지지체계가 무너지게 된다.

"사실 아들이 그렇게 되고 나서 남편을 너무 원망했어요. 아이들이 어릴 때부터 너무 술을 먹고 해서 아이가 이렇게 되었다고 내가 믿었고 또 그렇게 밀어붙였던 거지. 폭주를 할 때도 많았고 집에 오면 끊임없이 이야기하면서 가족들을 괴롭히기도 했고. 사실 직장에 다니니깐 어쩔 수 없다 해도 자주 술 먹고 들어오고 그게 너무 힘들더라고. 술 때문에 너무 힘들게 되었고 둘이 관계가 안 좋고 그랬지. 나중에 큰딸이 이야기하더라고 어릴 때 아빠가 술 먹고 오면 그럴 때마다 동생의 인상이 일그러지는 걸 보았다고 당시 큰딸도 그때는 아빠가 싫었다고 하데. 남편이 좀 기분 좋게 술을 마시고 오면 괜찮은데 술을 마시면 흑백논리가 강해서 본인 주장이 세졌지. 그러다 보니 시끄러운 일도 많았어. (중략) 나도 처음에는 엄청 남편 책임으로 몰아붙였던 것 같애. 술 때문에 가족들이 엄청 힘들었거든. 그러니 아들이 발병하고 나서 내가 엄청 이 사람을 몰아붙였던 거라."

처음에는 모든 것이 남편 때문에 일어난 것으로 여기고 원망하고 한 사람을 탓했다. 그래야 마음이 좀 편해질 것만 같았다. 하지만 시간이 지나고 병을 공부하면서 이 병은 환경적인 요인도 있지만 스트레스에 취약하여 생기는 이유가 더 크다는 것을 알게 되었다. 아들이 어릴 적부터 내성적이고 혼자 있는 것을 좋아하는 면도 있었고 딱히 자신의 의사를 잘 표현하지 못하는 것들이 원인으로 작용했다는 생각도 들었다. 가족 내 불화가 아들에게 스트레스적인 요소로 작용을 했다면 그것을 빨리 발견하고 아들이 그 부분에 대해 안정감을 갖도록 해주었다면 좋았을 텐데 그러지 못한 자신의 모습이 떠올랐다.

하지만 어머니는 아들에 대한 안쓰러운 마음이 들다가도 집에만 틀어박혀 나가지 않고 누워만 있고 아무것도 하지 않고 시간을 보내는 아들을 볼 때마다 답답해서 울화가 치밀 때가 많았다고 했다. 아들이 음성증상이 많다 보니 사회적 활동을 더 많이 해야 증상을 줄일 수 있다는 의사선생님의 말이 떠올라서 어머니는 아들이 밖에 나가서 활동을 하도록 윽박도 지르고 화도 내고 했지만 집에만 있는 아들의 모습에 점점 스트레스가 쌓여갔다고 한다.

"아들이 퇴원하고 나서 꽤 긴 시간 동안 집에만 있었어요. 낮동안 어디를 나가는 것도 아니고 소파에만 누워있고 그러다 보니 소파가 늘 푹 꺼져 있었죠. 또 새로 사면 누워 있고. 오늘은 어디를 나가려나 싶어 내가 외출할 때마다 신발도장을 찍고 나가요. 그런데 돌아와 보면 신발이 항상 그대로인 거라. 그때만 해도 그런 아들의 모습이 보기 싫어 화덩어리가 내 속에 가득했어요. 오죽하면 내가 너무 화가 나서 선풍기를 두드려 부숴버렸겠어요."

아들에 대한 걱정, 불안, 염려로 어머니는 늘 마음을 졸이며 지내왔다고 한다. 조금만이라도 아들이 평소와 다른 행동을 하면 미리 걱정을 해서 잔소리를 하게 되거나 아들이 말하는 것을 온전히 믿지 못해 다시 확인을 하는 습관도 생겼다. 하지만 그런 부분이 아들에게도 자신에게도 좋지 않다는 생각을 하게 되었고 걱정이 너무 앞서 불안과 염려로 혼자서 생각하고 판단하는 것이 도움이 되지 않는다는 것을 깨닫게 되었다.

"사실 아들이 한번 요구를 하면 내가 정신을 못 차릴 정도로 요구해요. TV유선을 달아달라고 요구를 해서 또 하루 종일 TV만 보고 있을까 걱정을 했는데 막상 보니 내가 생각한 거보다는 심하지는 않더라고. 컴퓨터 오락도 마찬가지로 매일 그것만 하고 있는 줄 알았는데 나름대로 이유가 있고 시간을 정해서 하는 모습을 보게 되었죠.

그러면서 차츰 그 당시 내가 걱정이 앞서갔다는 생각을 했죠. '아 이런 부분은 이렇구나. 다음에 컴퓨터 오락 같은 것을 해도 그냥 이해를 해야겠다'는 생각을 했지. 아들이 그런 말을 안 하는데 내가 내 생각대로 물어보지도 않고 혼자 생각해서 판단하고 내 잣대로 재고 내 잣대로 판단하고 했던 것이 더 힘들었지."

그렇게 생각을 바꾸고 나서 보니 아들이 조금 달라져 보였다. 동기와 필요성을 느끼지 못하는 아들의 모습만을 바라보며 답답해하기보다 아들이 어떤 것을 원하는지 그리고 어떤 도움이 필요한지에 귀 기울이게 되면서 아들과 점점 대화의 시간이 많아졌다. 그러면서 아들도 마음의 문을 열고 가족들을 바라보게 되었고 특히 아버지와 아들의 관계에도 벽이 조금씩 허물어지는 변화가 생겼다.

그리고 주변에 좋은 동료가 생기면서 외출도 하고 S기관에도 나가게 되었다. 센터 가족모임에 갔다가 만난 김지숙 어머니와 대화를 하면서 비슷한 상황을 겪고 있는 아들의 이야기를 나누었고 나이도 비슷하고 증상도 비슷한 아들들이 서로에게 좋은 친구, 동료가 되어 함께 S기관을 다니게 되었다. 그리고 거기서 함께 일도 하고 주말에도 외출하는 변화도 일어났다.

"S기관을 다니게 되면서 낮병원보다는 가서 할 수 있는 일이 있다는 것과 자신의 이야기를 할 수 있는 사람들이 많다는 것이 큰 도움이 된 것 같아요. 그러다 보니 외출할 옷도 사달라고 하고 시키지 않아도 집 밖을 나가게 되었죠. 어쨌든 낮병원에 있는 거보다 여기 오는 걸 잘했고, 몇 개월이라 하더라도 여기 몇 개월 다니는 게 잘한 거 같아요. 지금 아들이 변화된 그 뿌리는 S기관을 다니면서 내리기 시작해서 지금 여기 시점까지 오게 된 거죠."

아들의 삶에 일어난 변화는 최경주 어머니의 삶의 변화이기도 했다. 아들과 집에서 씨름하면서 스트레스 받던 어머니가 아들을 바라보는 관점을 변화시키자 아들이 변화된 것이다. 어쩌면 그것은 아들의 문제이기보다 어머니 자신의 문제였다는 것을 깨닫고 아들과 남편의 관계 속에서 자신이 지금까지 했던 말과 행동을 돌아보게 되었다. 그 후 그는 자신을 위한 배움에서 주변을 위한 배움으로 목표를 바꾸었다. 그 목표는 자신은 물론 아들과 남편 그리고 정신장애를 가진 모든 가족들의 삶이 행복해지는 길이었다.

"아들이 아프고 나니깐 내가 그렇게 배우고 싶은 공부도 더 이상 못 하겠더라구. 처음에는 그랬어. 니가 대학교 안 가면 엄마도 대학교 못 간다. 니가 1학년 입학할 때 엄마도 방통대에 들어갈 수 있다고 해서 아들이 입학을 했어. 지도 입학을 했고 나도 입학을 했고 그런데 결국 나중에 아들이 입원을 했지만. 그런 상황에서 내가 학교 다니는 게 눈치가 보이더라구요. 하지만 또 시작한 공부를 소홀히 하면 안 되겠다 싶어 그것도 열심히 했죠.

그런데 그 후에도 내가 가족교육이며 취미생활을 하러 다니면 아들이 싫어할까 봐 내 마음이 편안하게 나올 수 없는 상황이 늘 마음에 부담이 되더라고. 지금은 괜찮아졌죠. 사회복지사 선생님이 뭐든지 나 혼자 생각하지 말라고 하더라고. 아들이 직접 말한 것도 아닌데 내가 미리 생각하지 말라는 충고를 엄청 받았어요. 그 후로는 아들의 눈치를 보지 않고 가족강사과정도 수료하고 S기관 가족모임에도 열심히 다니면서 나 자신을 위한 삶이 아들을 위한 삶이라는 걸 알게 되었죠.

교육을 받고 병에 대한 이해가 높아질수록 아들의 입장을 이해하게 되었고 지난날 내가 얼마나 어리석었는지를 알게 되더라구요. 이전에는 아들과 다투기가 일쑤였죠. 돌아서면 참을 것을 후회를 하면서도 병에 대한 무지함과 아들을 이해하지 못했기 때문이었음을 교육을 받고 다양한 프로그램에 참여하면서 알게 되었죠."

지금 현재의 삶 : 흔들리며 피는 꽃

최경주 어머니는 교육을 통해 배우고 느낀 것을 생활에 적용해 보고 아들과 대화를 시도하면서 조금씩 공감과 소통이 이루어졌다. 그런 작은 변화가 이루어낸 성과는 매우 컸다. 아들과 거리감도 좁혀지고 마음의 빗장도 열리는 기분이 들었다고 한다. 아들의 말문이 열리면서 내면에 잠재된 분노와 상처를 꺼내놓게 되었고 자신만의 입장에서 아들을 판단하고 접근했던 것 그리고 마음에 화를 가득 담고 내뿜은 말이 상처가 되고 또 다른 아픔이 되었음을 깨달은 그녀는 그동안 병으로 힘들었던 아들의 마음에 자신이 또 다른 상처를 준 것 같아 가슴이 미어지는 듯한 고통과 아픔을 느꼈다고 한다.

이전이라면 누군가에게 말하지도 못했을 일들을 이제는 자신의 경험과 변화를 주변의 많은 사람들과 나누게 되었다. 그는 20년 가까운 시간동안 아들도 가족들도 모두 힘겨운 생활을 했지만 주치의, 사회복지사, 정신장애 가족들의 많은 도움으로 이전에 혼자서 힘들어 했던 삶과는 확연히 변화된 삶에 그저 감사하다고 한다.

"지난날을 돌아보면 예수님 믿고 기도를 했기 때문에 내가 이 자리에 있다고 생각을 해요. 병원에 입원하고 있을 때만 해도 아들이 가족들을 안 보려고 하니깐 너무 힘들었지. 그런데 회복이 되니깐 그게 없어지더라고. 지금 우리 가족모임에서 나와 비슷한 고민을 하는 엄마가 있는데 이제는 내가 그 엄마한테 '아들이 회복이 되면 없어진다'라고 이야기를 해주죠.

내가 힘들 때에는 옆에서 누가 그런 이야기도 안 해주고 정보도 없고 교육도 없어서, 내가 얼마나 마음으로나 몸으로나 고생을 했겠어요. 하지만 요즘 사람들은 주변에서 정보도 많고 사람들이 이야기를 많이 해주니깐 이전에 우리보다는 조금 낫지 않을까 싶어요."

또 그에게 신앙은 힘든 순간을 버티게 해준 큰 힘과 안식처였다. 아들이 아플 때는 어떤 말도 들리지 않았지만 긴 터널을 헤치고 나니 비로소 깜깜하고 막막한 시간의 의미를 깨닫게 되었다고 한다. 고난은 또 다른 축복이라는 말을 이제는 온전히 이해할 수 있게 되었다는 그는 지금도 아들과 딸의 병으로 힘든 시간을 걷고 있는 많은 가족들에게 자신의 경험이 위로가 되길 바랐다.

"그때는 늘 내 얼굴이 부어 있었던 것 같애. 기도하러 가면 맨날 울고, 남편도 몰라요. 그 마음을 몰라요. 나는 목사님이 처음 우리 집에 오셔서 문제만 바라다보면 그 문제가 눈덩이처럼 불어나고 거기에 깔려서 헤어나올 수 없다라고 말씀을 하셨어요. 그리고 다른 분들이 고난은 또 다른 축복이라는 말을 하셨는데 사실 그 말이 받아들이기 싫고 그 말하는 사람이 나를 얼마나 알겠노라고 생각했는데 세월이 지나니 정말로 그 말에 공감이 되는 거 있죠. 그 아픔이 없었더라면 아직도 나는 친구들하고 놀러 다니고 하면서 삶의 가치를 즐기는 데 두지 않았겠나 싶어요.

그런데 아들이 아프고 고난을 겪다 보니 고난 가운데 내 자신을 깨우치게 되었고 삶의 가치도 많이 바뀌었죠. 사실 가만 있는 사람하고 깨우치는 사람하고 축복의 통로가 될 수 있고 아닐 수도 있다는 것을 알게 되는 거죠. 고난이라고 다 축복이 아니라 그것을 어떻게 받아들이느냐의 차이라 생각해요. 사실 '아는 만큼 힘이 된다. 아는 만큼 느낄 수 있다.' 그 말이 지금 너무 공감이 가요.

또 과거에 아들의 병의 원인은 남편이라고 원망했는데 그것도 생각이 많이 바뀌었어요. 아들이 말문이 열리고 나서 남편과도 서로 묵혀둔 오해의 감정을 풀게 되었고 남편도 신앙생활을 열심히 하면서 온 가족이 조금 더 화목하게 되었죠. 서로를 봐도 불편하지도 않구요. 남편도 얼마 전부터는 교회에서 직분을 맡아서 재정부에서 섬기게 되었어요. 어쩌면 내가 부족한 엄마였고 지혜가 부족했단 생각이 들어요. 하지만 지금까지 온 길을 돌아보면 눈물의 열매가 맺혔다고 생각해요. 기도하면 이제는 감사가 나오고 힘이 되고 계속 그렇게 하고 있고 제 인생에 기도가 아니면 견디지 못했을 거예요."

어머니는 종교활동, 가족교육을 통해 스스로 변화하고자 노력했고 그런 승화의 과정을 거쳐 지금은 Family Link Korea 가족교육 과정을 이수하고 현재 부산지부 임원으로 활동하고 있다. 또 S기관 가족교육 및 자조모임에도 열정적으로 참석하면서 2015년에는 가디언클럽 회장을 맡게 되었다.

최근에는 정신건강센터 가족모임에 특강강사로 초청되어 정신장애인 가족의 회복력 향상을 위한 강의와 함께 지역사회에서 가족 자조모임의 필요성을 강조하면서 정신장애인 가족의 역량과 연대의 중요성에 대한 목소리를 높이는 데 적극적으로 참여하고 있다.

"아들이 S기관에 다니고 나서 가족사업을 통해 3년간 받게 된 가족교육 및 자조모임이 우리 같은 가족들에게는 너무 좋은 프로그램이라고 생각해요. 프로그램 하나하나가 의미가 있었고. 인문학 프로그램도 좋고 회복 프로그램도 좋고 너무 좋았죠. 제일 좋은 건 우리가 많은 힘을 얻게 되었어요. 어머니들 하고도 지지체계가 되어 서로 의지가 되고 힘이 되었죠. 관계가 맺어지죠. 가족들에게 조차 나누지 못하는 속마음을 허심탄회하게 나눌 수 있고 서로에게 위로가 될 수 있다는 게 얼마나 큰 힘이 되는지 몰라요.

　함께 배우고 또 경험을 나누면서 지금은 많이 회복이 되었죠. 도종환 님의 〈흔들리며 피는 꽃〉이라는 시를 읽을 때마다 우리 정신장애인 가족들이 생각나요. 지금은 너무나 힘들고 어려움의 시간이지만 고난이 축복이 되는 시기가 올 거고, 그 과정이 결국 살아가는 삶에 많은 자양분이 된다는 것을 느끼는 때가 올 거라 믿어요. 제가 그랬던 것처럼요."

　정신장애인의 회복에 있어 가장 중요한 지지체계는 가족이다. 최경주 어머니처럼 가족의 변화는 자녀의 변화이자 회복의 지름길이다. 특히 어머니들과의 만남을 하면서 더 확신을 하게 되었다. 그렇기에 정신장애 자녀를 둔 가족들의 삶의 회복을 위한 교육은 매우 중요하고 정신장애 가족들의 자조모임을 통해 서로 소통하고 나누는 것이 반드시 필요하다.

　또한 정신장애인이 지역사회에서 더 나은 삶을 살아가기 위해서는 당사자와 가족들의 목소리가 가장 중요하기에 이 부분에 대한 필요성을 인식하고 더욱 지역사회 정신장애 가족의 모임의 협력과 연대에 앞장서고 있다.

　깜깜한 어둠 속에서 별은 더욱 밝게 보이듯 고난과 고통을 겪은 사람의 인생은 더욱 빛나기 마련이다. 인생에는 많은 흔들림이 있다. 흔들린다는 것은 내가 바라는 어떤 것에 의해 흔들리는 것이다.

그것이 욕망이 되기도 하고 이루지 못한 꿈이 되기도 하고 권력과 명예가 될 수도 있다. 하지만 그 흔들림 속에서 우리는 때론 넘어지기도 하고 다시 제자리에 서 있기도 하면서 살아간다. 결국 우리는 흔들리면서 기쁨과도 만나고 지나가는 아픔과도 눈인사하고 사람에게 받은 상처를 누군가가 베푸는 사랑에 의해 치유가 되기도 한다. 결국 흔들리는 것이 인생이고 흔들리는 삶을 통해 우리의 삶은 행복과 불행이 만들어내는 또 다른 작품이 된다.

흔들리지 않고 피는 꽃이 어디 있으랴. 이 세상 어떤 빛나는 꽃들도 바람과 비에 젖으며 따뜻하게 피어났다는 도종환 님의 〈흔들리며 피는 꽃〉처럼 최경주 어머니의 삶은 비, 바람을 맞으며 환하게 피어난 아름다운 꽃이다.

03
가시덩굴에 핀 사랑

초록이 물들어가는 푸르름의 계절, 언제부터 시작되었는지 모를 줄기가 길게 뻗어올라 나무를 휘감는다. 칭칭 몸을 뒹굴면서 감아올린 줄기는 서로 엉켜 한 몸을 이룬다. 헝크러진 머리카락처럼 뒤엉켜 있는 수풀에서 늦은 여름, 하얀 꽃이 피어난다. 줄기와 어린 가지에 갈고리 같은 가시가 돋아 아무렇게나 감겨 있는 덩굴 속에 피어난 그 꽃은 고독, 그리움의 향기이다.

고독한 마음에 피어난 찔레꽃처럼 우리들의 가슴에도 꽃이 핀다. 아름다운 마음에 아름다운 꽃이 피고 그리움의 마음에 그리움의 꽃이 핀다. 세상 번뇌가 가시가 되어 가시덩굴을 만든 그곳에 가슴꽃이 피어난다. 김순자 어머니의 삶은 뾰족한 가시를 품고 그리운 가슴을 열어 피어난 한恨 많은 인생이다.

김순자 어머니를 만난 건 2014년 여름이었다. 가족사업을 소개하기 위해 수박 한 통을 사들고 가정방문을 갔다. 기찻길 옆에 있는 두 칸 된 낡은 집에서 노총각 아들과 단둘이 살고 있던 어머니는 집이 누추하다며 절대 집에 오는 걸 결사반대했지만 서로를 의지하며 살아가는 어머니와 아들의 모습이 보기 좋았다.

경남 양산이 고향인 그는 1남 2녀 중 둘째로 어릴 적 일찍 아버지를 여의고 경제적인 어려움으로 인해 엄마와 떨어져서 고모집에서 키워졌다. 풍파 많은 인생이라 자신의 이야기는 밤새도 다 못한다는 그는 억척스럽게 살아왔다고 한다. 남편이 죽고 올해로 일흔 여섯이 된 그녀는 병이 나서 쉰이 다 되어가는 노총각 아들을 30년째 돌보고 있다.

일흔이 넘는 나이에도 꼬불꼬불한 파마머리를 어깨까지 기르고 화려한 원색 옷과 장신구 걸치는 것을 좋아하는 모습이 젊었을 때 멋쟁이라는 소리를 들었겠다 싶다. 힘들었던 인생을 그나마 노래로 위안을 받고 살아간다는 어머니는 구성진 노랫가락을 뽑아내며 억센 경상도 사투리에 욕도 섞어가며 재치 있는 입담으로 자신의 삶을 풀어낸다.

성장과정과 결혼 전까지의 삶 : 매서운 바람

김순자 어머니는 4살 때 일찍 아버지를 여의고 어머니 홀로 3남매를 키우게 되었다. 아버지가 살아계실 때는 논과 밭을 몇 마지기나 가지고 있는 부농이었으나 일자무식이었던 엄마는 사람들의 꼬임에 넘어가 논과 밭을 팔고 장사를 시작했는데 그 길로 있는 재산을 몽땅 날리게 되었다.

엄마는 사기를 당하고 제정신으로는 자식들을 거둘 수 없어 친척 집에 아이들을 맡기고 돈을 벌러 가야만 했다. 그렇게 4살 때 김순자 어머니는 친정엄마 품을 떠나 동생은 외삼촌집에 언니와 그는 육촌 아제집으로 가서 살게 되었다. 그해 겨울은 유난히도 매서웠다고 했다. 하지만 그보다 더 힘든 것은 어린 나이에 엄마가 보고 싶어도 볼 수 없단 사실이었다. 그래도 그는 고모집에서 애써 눈물을 참으며 엄마를 만날 날만 손꼽아 기다렸다.

"내가 어릴 적에 몸이 약해서 늘 많이 울었어. 그런데 고모아버지가 무서워서 내가 울면 고모가 내를 안아 갖고 작은방에 데려다 놓고는 먹을 거 줘서 나는 그거 묵고 있다가 고모아버지가 가고 나면 다시 울었던 기억이 나. 고모집에서 계속 크다가 너무 엄마가 보고 싶어가 울고 했더니 한번은 엄마가 나를 보러 찾아왔어. 저 멀리 길 옆에 둑에서 내를 부르는 기라. 그래서 내가 엄마한테 달려가니 엄마가 내를 붙잡고 하는 말이 '엄마가 지금 부산 외삼촌집에서 지내고 있는데 내가 자리를 잡으면 니를 데리러 올께'라고 하데 그래서 계속 엄마를 기다렸지."

그렇게 엄마와의 짧은 만남을 하고 나서 그는 또 다시 몇 년을 엄마를 기다렸다. 초등학교 입학을 하고 엄마에 대한 빈자리가 더 크게 느껴지자 그는 기다리다 못해 엄마를 찾으러 갔다. 어린 나이에 길도 몰랐지만 무작정 버스를 타고 엄마가 있는 부산으로 가면 엄마를 만날 것만 같았다. 외삼촌집 주소를 물어물어 그리운 마음에 엄마를 찾아 갔지만 엄마는 자신을 매몰차게 고모집으로 다시 보내려고 했다. 아마도 엄마가 아직 부산에서 자리를 잡지 못하고 외삼촌 집에 얹혀 사는 입장인데 자식까지 거둬주는 것은 외삼촌에게 폐를 끼치는 일이라 생각했던 것 같다.

"세월이 흘러 내가 엄마를 기다리다 못해 찾으러 갔는데 엄마가 내가 자리도 안 잡았는데 왔다며 다시 고모집에 가라 하는 기라. 그래서 내가 고모집에 가기 싫다하면서 우니깐 외삼촌이 엄마한테 내가 순자를 데리고 공부시키고 키우겠다고 해서 그 길로 외삼촌집에서 컸어."

그렇게 김순자 어머니는 고모집에서 나와 외삼촌집에서 다시 키워졌다. 하지만 외삼촌집 자녀들과 자신이 너무 다른 대접을 받게 되면서 그는 마음에 상처를 많이 받았다. 밥을 먹을 때도 눈치를 봐야 했고 학교를 다닐 때 준비물도 제대로 사가지 못해 학교를 갈 흥미도 나지 않았다. 그래도 고생하는 엄마를 생각하며 견디어 내려

했지만 마음속에 깊이 쌓인 설움은 쉽게 가시지 않았다.

결혼과 자녀의 발병 이전까지의 삶 : 사나운 팔자

친척집에서 눈칫밥을 먹으며 살아가는 그에게 한 가지 소원은 빨리 돈을 벌어 엄마와 같이 행복하게 사는 거였다. 그래서 그는 학업을 일찍 포기하고 일을 하러 가야겠다는 생각을 했다.

"어느 날 내 아는 사람이 그러더라고 '너거 외숙모 집에서 구박받지 말고 공장에 가자' 그라더라고. 그래서 우리끼리 방 얻어서 살자 해서 내가 16살 때 외숙모 모르게 집을 나갔어. 그때 캬라멜 만드는 과자공장에 갔는데 과자공장이 잘 안 되어 가지고 친구 넷이서 방을 얻어 있었는데 아는 언니가 '너거 그래 가지고 방세도 못 낸다 내가 아는 언니 소개해줄 테니깐 찬모집에서 1년 요리 배워서 찬모나 해라'라는 소리를 듣고 그 언니따라 거기서 먹고 자면서 찬모일을 하기 시작했어."

외삼촌 집을 나와 돈을 벌기 위해 공장을 다녔고 방세를 낼 돈이 모자라 좀 더 돈을 많이 벌 수 있는 찬모집 일을 거들게 되었다. 16살 꽃다운 나이에 그는 그렇게 어린 나이에도 억척스럽게 먹고살기 위해 몸부림을 쳤다. 그렇지만 친척집에서 살 때보다 마음은 편

했다고 한다. 눈치를 보지 않아도 되고 사촌들과 차별받지 않고 손
가락질 받지 않는 것만으로 좋았다. 거기서 그는 일을 배우고 익혀
가며 나름대로 인정을 받게 되었다.

"그러다가 그 언니가 포항으로 이사를 하면서 '이제 니 혼자 한번
해봐라' 해서 그 길로 내가 찬모로 있었지. 16살때부터 20살 때까지
찬모 일을 했고 음식을 잘한다고 사람들한테 소문이 나서 여기서
온나 저기서 온나 해서 어린 나이에 돈 많이 주는 데로 가고 했지."

음식솜씨가 있다는 말에 그도 기분이 좋았고 손님들도 많이 오
고 하니 재미가 있었다. 그리고 식당에 드나드는 손님의 소개로 남
편과 결혼을 하게 되었다. 일찍이 아버지가 돌아가시는 바람에 남
자에 대해 잘 알지도 못했고 어떤 사람이 좋은 사람인지 고르는 법
도 못했기에 그저 그 당시에는 외로운 마음에 정 주는 사람이 그저
좋아 결혼을 선택했다 한다.

하지만 무능력한 남편으로 인해 그는 지난날 서러웠던 마음을
남편에게 풀어내지도 못하고 또다시 마음에 하나의 짐을 더 져야
했다. 자식들만큼은 내처럼 안 만들어야 한다는 간절한 마음에 자
식들과 남편을 위해 일을 계속 해야만 했다.

"아는 사람 소개로 현철이 아버지를 만나 결혼을 해가 보니깐 직

업도 없제 그래 딱하더라고. 그래서 현철이 낳아놓고도 나는 K호텔에 찬모로 일을 계속 했지. 남편은 직업이 딱히 없으니깐 결혼하기 전에 얼음장사를 좀 해본 경험이 있어 얼음장사를 했는데 망했지. 미원회사에 들어갔다가 회사가 부도가 나서 나오고 페이킹 기술배워가 일을 좀 했는데 그것도 일이 많이 없다보니 계속 직장도 없이 살았어. 그 당시 시댁도 아무것도 없는 집이고 그렇게 살았어."

왜소한 체격에 허리 한번 못 펴고 반찬 만들면서 밤늦도록 일하는 아내가 안쓰러워 남편도 이일 저 일을 해보았지만 마음처럼 잘되지 않았다. 그런 속상한 마음을 술로 달래며 그 모습이 또 미워 남편과 사이가 늘 좋지 않았다. 특히 술 먹고 나면 남편이 술주정이 심해져 부인과 자식들을 많이 괴롭히는 모습이 자식들에게도 부정적인 영향을 주어 머리가 커갈수록 아들은 아버지에 대한 원망이 많아졌다.

"그러나 내가 둘째를 가졌어. 그런데 첫째 아들이 걸음이 좀 늦었어. 아버지가 맨날 안고 댕겼거든. 먹는 것도 잘 먹고 컸는데 남편 성격이 굉장히 엄하고 좀 별난 성격이었어. 그러다 보니 내캉 싸움도 많이 하고 그랬어. 특히 남편이 술을 먹고 들어오면 자는 아이들을 다 깨워가지고 너거는 커서 뭐 할기고 하면서 말해보라고 했거든. 요새도 아들이 저거 아버지 원망을 많이 해. 아버지 때문에 내가 약 먹고 이렇게 되었다고 원망이 많아.

그래 내가 둘째 낳고 안 살라고 나갈라고 했거든. 그래 한번은 큰 아들 업고 집을 나간 적이 있어. 그런데 외갓집으로 남편이 데리러 와서 할 수 없이 다시 가서 살다 보니 또 싸움을 하고 해서 아들이 국민학교 가면 나가야지, 중학교 가면 나가야지, 하던 것이 이 질로 살았지. 내가 그렇게 살았어. 싸움도 많이 하고 살아볼까 말아볼까 하면서도 억척같이 살았지. 좌절도 많이 했고 내 팔자가 좀 사나워."

여유 없는 환경에서도 아들은 어릴 적부터 꽤 공부를 잘해서 사람들이 공부 잘하는 아들을 둔 그를 부러워했다고 한다. 책 사줄 돈이 없을 때 동네에 의사선생님이 중학교 3년 동안 장학금을 줘서 공부를 계속할 수 있었고 학교선생님도 아들 장래를 위해 상담도 하러 오고 했지만 먹고 사는 게 바빠 아들이 상을 받아오거나 공부를 잘해서 칭찬을 받아도 크게 사랑이나 관심을 주지 못했다.

"우리 아들이 어릴 때는 공부를 잘해서 기대를 많이 했지. 동네 사람들이 현철이 엄마는 현철이 덕에 이제 고생 다했다는 얘기를 했지. 그런데 지금 고생 더 하고 있지. 중학교 3학년때 장학금 받고 1등 하고 그러니깐 선생님이 매일 찾아오데. 그래도 나는 몰랐어. 일하러 다니놓으니깐 아바이하고 얘기하라고 하고 그랬지. 지금 생각해보면 그게 좀 후회스럽다니깐 내가 그 당시 묵고산다고 아이 공부에는 별로 관심이 없었어.

내가 돈 안 벌면 묵고살 게 없으니깐 아침에 일어나 밥 하고 가고 밥 먹고 가고 저녁 6시에 오면 밥 하고 그게 하루 일과였지. 그래 놓으니 피곤해 가지고 자기 바쁘고 지금은 내가 아한테 너무 관심이 없었던 게 너무 후회돼요. 그래도 나는 자식을 배 안 굶게 할라고 내가 돈 안 벌면 어떻게 밥을 먹고 살았겠어요."

엄마가 고생하기에 자신이라도 열심히 공부해서 엄마를 호강시켜드리겠다는 아들은 무서운 아버지 밑에서 늘 엄마를 든든히 지켜주었다고 한다. 하지만 워낙 평소에 말이 없고 과묵했기에 아들이 부모에 대해 어떤 마음을 가지고 있었는지 엄마는 알지 못했다고 한다. 3남매 중 가장 착하고 공부 잘하고 성실했던 큰아들은 어머니의 삶의 위안이고 살아가는 힘이었다. 하지만 먹고살기 바빠 아들과 대화 한번 제대로 못하고 그 마음을 살피지 못했던 지난날이 후회된다고 한다.

자녀의 발병과 그 이후의 삶 : 불볕 같은 더위

아들은 평소 교대에 가서 선생님을 하고 싶다고 대학에 가길 원했지만 그 당시 혼자 벌어서 먹고사는 상황에 자식들을 대학에 보내는 것은 무리였다. 그래서 인문계고등학교 대신 실업계고에 아들을 보냈고 빨리 돈을 벌어서 본인이 하고 싶은 공부를 하게 하는 게 그 당시엔 최선의 선택이었다.

하지만 아들은 공부에 대한 미련을 놓지 못했고 고등학교 졸업 후 취업을 하기보다는 군대를 가겠다고 해서 일찍 입대를 했다고 한다. 워낙 말수가 없고 착하다 보니 휴가를 나와도 군대에서 일어난 이야기며 힘든 거를 잘 말하지 않아 잘 지내고 있는가 보다 생각했는데 아들이 제대하고 나서 이상해지기 시작했다.

"아들이 제대하고 집에 있었는데 한 날은 내가 일하고 오니 동네 사람들이 집에 아들이 살림을 하나도 없이 다 뿌셔버렷다 하는 기라. 그래서 내가 놀래서 집에 들어가 보니 새로 산 텔레비전을 다 빠아놓아 '니 와그라노' 그러니 '군대 갔다 왔는데 엄마, 아빠는 하나도 변함이 없다' 그라는 거예요. 하도 기가 차고 해서 성질 한번 안 내는 아가 군대 갔다 와서 너무 폭행을 많이 받아 그런지 성격이 괴팍해졌다고 생각했죠.

그 후에도 아들이 이상한 행동을 하면서 물건이란 물건을 모조리 다 빠아삘라고 하는 기라. 그래서 내가 말리다가 야구방망이로 머리를 맞아 7바늘을 꿰맸어. 그때 피가 엄청나게 흘러서 사람들이 '저 아마이 죽겠다' 하고 저거 아바이가 와서 난리가 나서 아들을 집 안에 가둬놓고 그랬지. 동네사람들이 아무래도 이상하다고 군대가서 아들이 이상하게 된 것 같다고 병원에 가보라고 해서 그길로 입원을 하게 되었죠."

군대에서 그저 밥 잘 먹고 잘 지내는 줄만 알았던 아들이 군대에서 폭력을 당하고 머리를 수도 없이 맞았다는 것을 나중에서야 엄마는 알게 되었다고 한다. 소송을 내볼까도 생각했지만 그것도 가방끈 길고 형편이 좋은 사람들의 이야기지, 어렵고 힘든 사람들은 소송에 이길 확률이 낮다고 해서 주변사람들이 말렸다고 했다. 착하고 공부 잘하던 아들이 하루아침에 딴사람이 되어 물건을 던지고 엄마를 때리는 모습이 이해가 되지 않았다. 하지만 시간이 지나면서 아들에 너무 무관심했던 부모로서의 부끄러움과 죄책감이 더 크게 다가왔다.

"지가 학교 다닐 때 그만큼 공부를 잘하고 해서 동네 의사선생님이 우리 아들을 3년이나 장학금을 줬거든요. 그 장학금으로 학교를 다녀놓으니 아들이 맨날 부모에 대한 원망이 많아요. '엄마, 아버지는 내 뒷바라지는 안 해주고 공부해라고 전과를 하나 사준 적 있나. 공부만 시켜줬으면 내를 뒷바라지만 해줬으면 내가 지금 학교 선생님이라도 되었을 텐데'라고 하며 그게 제일 억울하다고 지금까지도 그 소리를 맨날 해요. 그러면 진짜 내가 속이 상해요.
작년 겨울에도 내한테 원망을 억수로 하는 기라. 그래서 내가 너무 화가 나서 '니 보는데 내 죽어뿌야겠다'라고 하고 실제로 수건을 칭칭 감아 가지고 목을 확 감았더니 아들이 놀라가꼬 '엄마 내가 잘못했다. 다시는 안 할게' 하고 싹싹 빌더라구요. 진짜 내가 죽을라고 생각을 했어. 너무 속이 상하고 나도 우리 아들 꿈도 많고 공부 잘했는데 내가 그거 뒷바라지 못해줘서 부모 잘못 만나서 못해준 게 너무 속상해서 많이 울었지. 철없는 아들을 내가 이해해야지. 내가 그래도 살아야지 하면서 마음을 돌리고 돌리고 하는데도 아들을 볼 때마다 아깝고 또 부모 노릇 못 해준 게 미안하고 그래요."

아들이 정신병을 앓고 나서 그녀는 아들을 보는 매 순간 아들에 대한 미안함과 후회, 죄책감으로 힘들었다. 하지만 그보다 더 견디기 힘든 건 아들의 원망이었다. 알고 있지만 직접 아들에게 원망을 듣다 보면 그냥 모든 것을 다 포기하고 싶을 때가 많아 극단적인 선택을 할 때도 있었다고 한다. 한평생을 억척스럽게 살아온 자신에게 또다시 한평생 아들에 대한 미안한 마음을 가지고 살아가야 할 자신의 삶을 말로 다하지 못하겠다고 하는 그의 눈에 눈물이 맺혔다. 평탄하지 못했던 삶을 되돌아볼 때 엄마이기 이전에 여자로서 어떻게 그 많은 세월을 살아왔을까 하는 생각이 들었다. 원통함과 원망, 그리움과 우울을 누구에게 표현하지 못하고 마음에 담아두면서 그 감정이 이제는 한恨이 되어 화병이 되었다.

"나는 식도에 화가 차서 수술을 몇 번이고 했어요. 식도가 신경을 많이 쓰니깐 화가 차는 거죠. 병원에서 처음에는 수술을 못한다 하던데 그래도 했지. 내 젊을 때 우리 아저씨가 워낙 별나다 보니깐 고통을 많이 받았고. 아들도 병이 나고 그래놓으니 항상 가슴이 뛰고 목구멍이 뭐가 올라오더라고. 그래서 병원에 가서 사진을 찍고 해도 안 나와. 그래 사람들이 현철이 엄마 죽는다고 했어요. 결국 큰 병원에 가보니 '화병'이라 하데. 식도가 꽉 막혀 가지고 거짓말같이 반은 구름같이 하얗게 딱 막혀 있는 기라. 볼펜심보다도 더 얇게. 그래서 내가 밥을 못먹었거든. 안 넘어가요. 맥혀 가지고."

늘 얼굴에 열이 오르고 심장이 빨리 뛰어 자다가도 깰 때가 많고 화가 채여 식사도 제대로 하지 못한 그의 삶은 마치 불볕이 내리쬐는 뜨거운 한여름과 같았다. 무더 위에 지칠 때로 지쳐있는 그에게 오아시스와 같은 존재는 다름 아닌 지역사회 재활시설이었다.

"화병을 고치려고 식도수술을 하고 나서 밥을 먹어도 잘 못 먹고 내가 좋아하는 나물을 먹고 싶어서 먹다가 안 넘어가면 아들이 등을 두드리고 해요. 그라면 지도 뜨끔 해가. 엄마가 죽으면 우짜노 그런 생각을 하나 봐요. 그럴 때 나는 오래 살지 못할 것 같고 너무 아픈 데도 많고 해서 그게 걱정이죠. 그래서 화를 풀기 위해 무도장 같은데 가서 춤을 추면서 운동하고 스트레스를 풀고 와요. 운동하면 허리랑 등도 조금 좋아지는 것 같아서 그게 유일하게 내 활력소죠. 노래 듣고 춤추고 하는 게 좋은 기라.

　그리고 아들도 S기관에 다니면서 내가 많이 좋아졌지. 그전에는 집에만 틀혀 박혀 내 원망만 하고 증상이 너무 많아 환청이랑 환시랑 그것 때문에 싸우기도 많이 싸우고 했지. 그런데 S기관에 다니고 나서는 성실해지고 결석 한 번 안 해. 아들이 지금까지 S기관에 안 간다 소리를 안 해요. 그리고 6시만 되면 항상 깨어요. 항상 5시 30분에 일어나서 S기관에 갈 준비를 하고 한 번도 빠진 적이 없어요. 성실한 거는 진짜 대단해요."

　김순자 어머니의 큰 아들은 지역사회재활시설에 다닌 지 올해로 5년이 된다. 늘 말수가 없고 무조건 좋다고 하는 그는 기관에서 별명이 'Yes맨'이다. 회원이나 직원들이 부탁하는 일에 늘 마다하지 않고 솔선수범해서 하겠다고 한다. 그리고 글 쓰는 것을 좋아한다. 학교 다닐 때 그림이나 글로 상도 몇 번 받아봤다며 쑥스러운 듯 학창시절을 떠올리기도 한다. 2014년 정신장애인 문화예술 공모전에서 입상한 아들의 자작시를 보고 어머니는 자랑스러워했다.

깨다

이○철

우리는 무언가 고정관념을 깨지 않으면 안 된다.

잠을 자다가 새벽에 깨면 아침을 맞이하게 된다.

우리는 매일 깨고 깨어야 한다.

사람이 정신을 깨면 정신일도 하사불성이라는 말도 있다.

열심히 노력하지 않으면 깨지지 않는다.

노력, 성공은 쉽사리 성취되지 않는다.

곰곰이 생각해야 산다.

절에 가면 스님들이 목탁을 두드려야 마음에 안정을 찾는다.

반야심경이라는 책이 있는데 그 책도 꾸준히 읽어야 터득할 수 있다.

깨고 깨어라. 성공할 수 있다. 만질 수 있다.

서양의 유명한 사람들도 도전정신이 있어서 성공할 수 있었다.

누가 누구를 위한 노력인가. 나 자신을 위해서다.

우리는 모든 면에서 자아 도취감에 빠져선 안 된다.

성공해도 또 도전해야 되고

그렇게 해온 게 인류의 역사다.

깨어라. 보라. 멋지지 않은가.

* 2014년 세상에 외치는 소리 시인선 001 《비상구》에 수록된 아들의 자작시

어머니가 바라는 마지막 바람은 아들이 지금보다 더 밝고 건강하게 살아가는 것이라고 한다. 이전의 모습으로 되돌아갈 수는 없지만 어머니가 죽고 나서 아들이 혼자서 밥도 해 먹고, 사람들과도 잘 어울리고, 자신을 잘 돌보면서 살아가는 것이다. 하지만 증상으로 인해 자발적으로 자신을 잘 챙기지 못하는 아들을 볼 때마다 안쓰럽고 답답하다고 한다. 그게 병인 줄 알면서도 때로는 자기 앞가림 제대로 못한 아들을 볼 때 가슴이 답답해져서 힘들다고 한다.

"내가 볼 때 지금 우리 아들 상태를 보면 깜박깜박하는 거는 똑같고 사람들이 지나가다가 자기들끼리 이야기하는 하는 그런 걸 굉장히 쓰이는가 봐. 지 말하나 싶어서. 그리고 혼자서는 아무것도 할 줄을 몰라서 시켜야 하고 점점 안 좋아져. 나는 애가 좀 활발했으면 좋겠어. S기관에 한번씩 가보면 다른 사람들보다 우리 아들이 말도 안하고 축 처지는 것 같고 그런 아들을 보면 내가 좀 힘들어. 그래서 너무 가슴이 답답하고 힘들지. 밥 먹고 약 먹고 해라, 옷은 뭐 입어라. 일일이 다 얘기를 해줘야 해."

지금 현재의 삶 : 가시덩굴에 핀 사랑

어머니는 몇 년 전부터 건강이 많이 나빠지셨다. 화병, 디스크, 무릎관절염, 고혈압으로 인해 병원을 다니는 횟수도 늘어나게 되었다고 한다. 조금만 걸어도 허리가 아파서 거동이 불편한 어머니를 위해 아들은 S기관을 마치고 나면 병원에서 치료 중인 어머니를 기다렸다가 함께 지하철을 타고 집으로 간다. 부족하고 답답한 모습에 속상할 때도 있지만 그마저도 아들이 있어 자신을 걱정하고 보살피는 모습이 때론 고맙고 감사하다고 한다. 그리고 아들을 위해서라도 조금이라도 더 건강하게 오래 살아야겠다는 마음을 가져본다.

"오랜 시간이 지나고 나니 이제는 우리 아가 저렇다고 해서 부끄럽고 그런 거는 없어. 아가 지금은 이전보다 많이 밝아지고 많이 좋아졌어. 그래도 일을 좀 했으면 좋겠지만 지도 마음은 하고 싶은데 잘 안 되는 게 속상하지. (중략) 내가 죽으면 어느 날이라도 어떻게 되면 자는 어떻게 하노라는 생각이 가장 걱정이고 그 생각이 젤로 많이 하지.

그러면 우리 사위는 내한테 '어머니 화병이 있는데 그런 생각 자꾸 하지 말라'고 하지만 그래도 부모니깐 어떻게 그런 생각을 우찌 안 하겠어요. 아들은 '엄마 죽으면 나는 절대 여기 안 산다고 하며. 자기도 이 세상 떠난다고 해요. 그런 말 하면 속이 상하죠. 동생들이 좀 돌봐주고 하면 내가 좀 마음을 덜 수 있을지 몰라도. 그래도 부모랑 형제랑은 또 다르잖아요."

어머니의 지나온 세월을 돌아볼 때 여자로서 한 많은 인생사이다. 원망과 고통, 외로움과 슬픔을 홀로 가슴에 삭히며 살아온 그의 삶 한 고비 한 고비에는 아픈 가시가 돋혀 있다. 하지만 그 가시덩굴 속에서 어머니는 꽃을 피우고 있다. 그 꽃은 아들과 함께 오랫동안 건강하게 살아가기를 바라는 작은 희망이다. 때론 다른 부모처럼 넉넉한 살림에 뒷바라지를 못해 원망을 하는 아들이지만 그래도 가장 먼저 엄마를 걱정해주고 위로해주는 아들이 있어 감사하다고 한다.

"항상 '엄마 오래 살아'라고 해요. 항상 말도 엄마 항상 오래 살아야 한다, 엄마가 밥을 많이 먹어야 한다, 엄마가 오래 살아야 한다, 오래 살아야지만 내가 S기관도 잘 다니고 엄마한테 기댄다. 그거라. 그 늘이 된다고 해요. 그런데 니 그건 진짜 맞는 말인데 명은 모른다 그라거든. 그러면 외할머니도 오래 사셨으니깐 엄마도 오래 살 거라고 하지. 그래도 엄마를 항시 걱정해주고 챙겨주는 아들이 있어 고맙지."

아들에게 엄마는 늘 부족한 부모였고 엄마에게 아들도 부족한 자식이었다. 무엇이 원인이 되었든 원망과 후회하며 살아온 시간이 남긴 건 아픔과 상처뿐이었다. 그러나 내가 가진 것 하나에 감사하고 있는 그대로 아들을 바라볼 때 마음에 쌓인 응어리와 화도 서서히 사라짐을 느낀다고 한다. 비록 온전히 병이 회복되지는 않았지만 서로가 서로의 버팀목이 되어 지금까지 살아온 사실에 그저 감사하다고 한다. 그렇게 엄마와 아들은 서로가 서로를 의지하는 당김 줄이 되어 어려움 속에서도 끊어지지 않는 하루하루를 살아간다.

사람들은 저마다 상처를 가지고 있다. 상처는 가시를 만들어 그 가시로 다른 사람들을 찌르기도 하고 스스로 찔리기도 한다. 처음에는 그 상처가 아파서 견딜 수 없지만 시간이 지나면 그곳에서 아름다운 꽃이 피어 있는 것을 발견하게 된다. 내가 생각하는 것만 바라고 원하다 보면 진정 상대방이 원하는 것을 발견하지 못할 때가 많다.

가족도 마찬가지다. 가족이기에 말하지 않아도 이해할 거라 생각할 때가 많다. 하지만 정작 각자가 원하는 말과 사랑을 전하지 못한다면 그것은 또 다른 상처가 된다. 부모자식 간에도 부족한 면만 바라고 그것만 바라다 보면 정작 잘하고 있는 모습은 가려진다. 있는 그대로 좋은 점을 인정하고 그것을 지지하고 칭찬할 때 서로의 허물과 단점도 채워지게 되고 그곳에 아름다운 꽃이 핀다. 푸른 찔레덩굴이 담장을 타고 올라간다. 뾰족한 가시를 품고 그리움을 가슴에 열어 하얀 꽃을 피워낸다. 순백의 찔레꽃에서 은은한 꽃내음이 풍겨난다.

04
열매에 숨겨진 비밀

봄부터 여름까지 피어낸 짙은 녹음을 버려야 한다는 것을 아는 순간부터 나무는 가장 아름답게 불 탄다. 불타는 단풍은 가장 화려한 절정의 순간이다. 머지않아 모든 것을 버리고 비워야 할 시간이기도 하다. 땅에 묻혀 거름이 되고 이듬해 새파란 잎으로 다시 태어날 것을 꿈꾸며 단풍은 자신의 모든 것을 불태운다. 그리고 탐스러운 열매를 쏟아낸다. 봄부터 뿌린 씨가 열매 맺기 위해 준비해왔던 시간을 기다리고 기다린 바로 그 순간이기도 하다.

올해로 64세가 된 이미숙 어머니는 자신의 삶을 온몸으로 불태워 인생의 꽃을 피우고 진정한 성취의 열매를 맺기 위해 살아왔다. 꾸준한 운동, 독서, 몸과 마음의 건강을 다지기 위해 그는 매 순간을 쉬지 않고 가족들을 위해 노력해왔다.

그런 그에게는 36살 된 조현병 아들이 있다. 19살 때 병이 생기면서 17년째 돌보는 아들이 자신의 삶의 열매이고 지금이 열매를 맺는 시기라고 했다.

성장과정과 결혼 전까지의 삶 : 가족이라는 굴레

1남 5녀 중 막내딸로 태어난 그의 고향은 구미이다. 평소 아들에 대한 사랑과 열정이 높은 어머니는 어떤 삶을 살아왔을까,라는 기대와 궁금증이 있었다. 그는 자신의 경험을 매 순간 일기로 남기고 아들이 아프고 난 후 아들의 증상과 변화를 일지로 기록해놓을 정도로 대단한 열성으로 아들의 병을 고치기 위해 노력했다.

그런 어머니의 삶은 어떤 빛깔로 만들어졌는지 궁금했고 2014년 7월 드디어 그녀를 만나게 되었다. 어릴 적부터 너무 고생을 많이 해서 과거의 기억은 별로 떠올리기 싫다고 하였지만 실 한 올이 풀리자 자연스럽게 감겼던 실타래가 술술 풀리듯 이야기는 시작되었다.

"어릴 적 우리 집은 잘 사는 집이었는데 집안문제로 인해서가 아니고 큰언니가 시집을 잘못 가서 타격을 받았죠. 어릴 때 큰언니 집에 내 어린 몸으로 가서 일을 하게 되었는 기라. 내가 7살 때 언니가 시집을 갔는데 우리 언니가 술집을 했었지. 그때는 술집한다고 하면 저주스럽게 봤거든. 그런데 내가 그때부터 내 뜻이 아닌 강요를 당한 거지. 그래서 내가 어른이 되어서도 큰언니가 매우 미웠어요.

어릴 때 내 몸뚱이를 생각하면 너무너무 불쌍하지. 내가 너무 고생을 많이 했어요. 사실 어릴 때부터 내가 너무 착하게 컸어요. 딸 5명에 내가 중간인데 위에는 위라고 고집대로 살고 밑에는 밑이라고 보호를 해야 해서. 내가 우리 집에서는 제일 예쁜 딸이었는데 가족들이 하도 착하다, 예쁘다 하니 내가 정말 착한 줄 알고 그렇게 살았지. 그러다 보니 큰언니 집에서 7살부터 애보고 빨래하고 설거지하는 일을 도와주러 다니고 했겠죠.

지금 돌아보면 그 당시는 내가 나를 억누르고 살았던 것 같애. 사실 나는 엄마가 너무 무서웠어. 뭐 조금만 잘못하면 머리를 지어 뜯어버리니깐, 참 무섭더라고. 그리고 나중에 커서는 그 무서움이 미움으로 변하더라고. 이런 말하면 그럴지 모르지만 엄마가 죽어도 너무 미워하는 마음이 있다 보니 웃음이 나오더라고."

어린 시절 친구 만나고 걱정 없이 살아가야 할 나이, 고집과 응석을 부리지도 못하고 엄마의 강요에 의해 언니집에 가서 집안일을 도와주어야 했던 그 시절이 고스란히 상처와 미움으로 남아 있었다. 그녀에게도 하고 싶고 갖고 싶은 것을 마음껏 하면서 철부지처럼 살고 싶은 바람과 꿈이 있었다고 했다. 그래서 그는 조금 일찍 가족이라는 굴레를 벗어나 사회생활을 하는 게 꿈이었다고 한다. 자신이 잘하는 것은 무엇이고, 자신이 어떤 것을 좋아하는지를 알게 되면서 어머니는 자신감도 되찾고 삶에 대한 즐거움도 커졌다고 했다.

"처녀 때는 직장생활을 했어. 그래도 모든 생활을 이겨나가기가 참 힘들었지. 그래도 직장생활을 하면서 좋았던 것은 내가 내 돈 벌어서 하고 싶은 거를 다 하는 거였지. 첫 월급 타서 내가 한 거는 얼굴에 있는 큰 점 수술을 했어요. 그러고 나니 조금 자신감도 생기고 사람들과도 잘 어울리게 되대요. 직장생활하면서 내가 좀 유머가 있고 해서 사람들도 나를 많이 따랐지. 일은 잘 못해도 사람들이 내가 총대를 메고 리더를 하니깐 용서를 해주더라고."

결혼과 자녀의 발병 이전까지의 삶 : 시집살이라는 또 다른 굴레

사회생활을 통해 자신감을 되찾고 좋은 사람을 만나 결혼도 하게 되었다. 하지만 그때는 시집살이가 가족이라는 굴레보다 더 큰 인생의 굴레가 될 줄을 몰랐다.

"결혼 적령기가 되어 지인의 소개로 남편하고 중매결혼을 하게 되었죠. 나는 당시 얼굴보다는 사람의 능력, 머리를 보고 결혼을 했어요. 내가 선택한 사람이니깐 그 부분에 있어서는 후회가 없는데 내 평생에 가장 힘들었던 것이 시집살이였어요. 시집을 가니깐 시모부모님이 월세방에서 세탁소를 경영하고 있었어요. 시집에 살 방이 없으니 옆집 한 동네에다가 방을 얻어 가지고 살게 했죠.

결혼해서 작은 방에서 잠만 자고 아침에는 시부모님께 가서 일을 해야 했죠. 일하다가 피곤해서 집에서 쉬고 싶어 조금만 있으면 시어머니가 얼마나 무섭게 나를 찾으러 다니는지. 동네가 떠나가도록 나를 찾고 고함지르고 정말 지금 생각해도 무서웠어요. 그리고 시집 올 때 예단을 많이 해오지도 못했고 내가 좀 싹싹한 성격이 아니라서 그 부분도 시부모님과 마찰이 있어서 그런지 나를 너무 미워하셨어.

그래서 임신 중에 내가 이겨내지를 못하고 힘들 때가 많았어요. 그러니 애기가 배 속에서 움직이지를 않더라고. 어느 정도 태동을 해줘야 하는데 태동을 안 하더라고. 아이를 늘 유산시킬까 말까 생각하며 울고 다녔거든. 거의 10달을 말이죠. 생각해보면 그런 영향을 아들에게 주지 않았을까 싶어요.

우리 남편이 귀한 3대 독자였는데 내가 그 남편하고 결혼을 해서 시아버지 사랑, 남편 사랑 받으니깐 손자를 안 놔주는 거라. 만지지도 못하게 하고 만져도 나를 두드려 패고. 내가 낳은 아들인데 자기 손자라고 나를 어찌나 구박하는지."

시어머니의 구박과 남편의 지극한 효성으로 인해 이미숙 어머니는 날마다 눈물로 밤을 지새웠다. 똑똑하고 잘난 남편과 결혼하면서 시집갈 때 예단, 예물 많이 해오지 못한 것이 그렇게 죄가 될지 몰랐다. 그나마 3대 독자 집에 아들을 낳아주고 시어머니의 구박에서 조금 벗어날 수 있었다. 하지만 아들에 대한 집착과 사랑으로 며느리를 향한 시어머니의 질투와 미움은 조금도 줄지 않았다. 그런데도 이미숙 어머니는 며느리를 구박했던 시어머니의 행동을 조금은 이해할 수 있게 되었다고 했다.

"우리 시어머니가 아들 못 낳는다고 시어머니한테 사랑을 못 받고 시집살이를 엄청 힘들게 보내셨다고 해요. 그렇게 하다 보니 나한테 샘이 났던 거 같애. 나중에 내한테 죽기 전에 미안하다고 하셨어. 내가 너한테 못한 게 많지만 대신 니가 좋아하는 아들을 낳아줬잖니. 그렇게 이야기하시는데 눈물이 나더라고. 그때 알았어. 내가 참 마음이 어리석었구나. 내가 조금 지혜롭고 똑똑했다면 저렇게 말한 분을 잘 따라줬을 텐데 하는 뒤늦은 후회가 들더라고요."

이미숙 어머니는 2014년부터 8월부터 30년 만의 휴식, 그리고 새로운 출발이라는 가족사업에 참여하면서 정신장애 자녀를 둔 가족과 함께 가족교육과 모임에 참여하였다. 가족회복, 인문학 프로그램에 참여하면서 어머니는 자신이 살아오면서 맺은 인생의 열매를 들려주었다.

자녀의 발병과 그 이후의 삶 : 어리석음으로 잃은 것

　살아오면서 가장 힘들었던 것이 시집살이라고 한 어머니는 자신은 절대 그런 삶을 살지 않겠다고 생각했지만 원망과 미움을 마음에 담고 살다 보니 자신도 모르게 시어머니를 닮아 있었다고 했다. 시어머니의 손자에 대한 집착으로 그렇게 힘든 시집살이를 겪었지만 자신도 아들에 대한 욕심과 기대로 아들이 힘든 시기를 빨리 알아채지 못한 지난날의 선택에 후회가 된다고 했다. 결국 욕심과 기대라는 어리석음이 자신에게 가장 소중한 것을 잃어버리게 만들었다.

　"우리 아들은 태어나자마다 어릴 때부터 걸음마부터 시작해서 여자애들하고 어울리고 놀더라고요. 그리고 시어머니도 손자를 너무 이뻐해서 귀하게만 키웠고 나 역시 시집에서 구박만 받다가 그래도 귀한 손주 낳았다고 시어머니가 그나마 좋아해줬죠. 그래서 그런지 아이가 어릴 적부터 여성적인 호르몬이 많은가 보다 생각했는데 학교를 가니깐 남자애들한테서 초등학교 때부터 왕따를 당하는 거예요.

　7살 때 조금 일찍 학교를 들어갔죠. 그 길로 기억나는 사건은 학교를 다니면서 계집아이 같다고 늘 왕따를 당하니 아이가 학교를 가기 싫어했죠. 그래서 내가 그 애들을 붙잡아서 이야기도 하고 두드려 패기도 하고 선생님들한테 돈도 많이 갖다 주고 했어요. 초등학교 때는 그래도 내가 학교를 찾아갈 수가 있었는데 중학교 가니깐 절반 정도는 내가 도움을 줘도 나머지는 못 해주고 고등학교 가니 거의 엄마 손을 못 대니깐 내가 아들한테 '이제는 죽든 살든 니 알아서 해라'고 하니 약해놓으니깐 지가 못 이겨낸 거라.

   나는 그래도 내 욕심에 아들이 그 당시 이미 그 스트레스와 두려움에 병이 발병했는데도 인정을 못 하고 계속 공부해서 대학을 가야한다고 하면서 닦달했죠. 그러다 보니 고통 속에서 공부는 해야 하지, 학교생활은 견디지를 못하지, 아이가 획 돌아버린 것 같아요. 겨우 수능시험을 쳐서 대학에 갔는데도 대학 가서도 구타를 당해 오는 거예요. 사실 아들이 실업계 학교 나와서 내신 성적으로 대학교를 간 거다 보니 학교 친구들 사이에서 수시로 들어왔다는 소문이 있었겠죠. 그래서 공부를 꽤 잘하는 줄 알았는데 알고 보니 영 먹통이고 니 같은 게 왜 여길 들어왔느냐는 소리를 많이 들었나 봐요. 그러다 보니 학교에 가서도 따라가지를 못하고 왕따만 당하고 결국 병만 더 심해졌죠."

아들의 병이 발병한 것은 수능을 준비하면서였다고 했다. 그전에도 왕따, 학교폭행을 많이 당하며 불안감을 가지고 지냈던 아들은 엄마가 생각하는 것보다 훨씬 더 많은 스트레스 속에서 학교생활을 했는지도 모른다. 하지만 남자라면 그래도 이겨내야 한다는 당위적인 생각이 아들을 더욱 힘들게 만들었고 결국 아들은 자신에게 놓인 환경을 견디지 못하고 병이 났다.

"아들이 정확히 발병한 거는 19살 때 수능공부하면서 병이 났는데 그전부터 왕따, 폭행 등으로 인해 스트레스를 엄청 받았고 발병하면서 환청도 많이 심해졌어요. 방에 가보면 자기 혼자서 무릎 꿇고 누군가에게 싹싹 비는 모습을 많이 했어요. 아마 그게 학교에서 폭행이나 왕따를 당하면서 한 행동이었나 봐요. 그래 놓으니 자꾸만 운동을 많이 해서 자기가 더 강해져야 한다고 그랬죠. 그래도 나는 혹시나 사고 날까 싶어서 그게 겁났죠. 점점 그런 증상이 심해지면서 병원을 데리고 갔는데 처음에는 나 또한 정신병원에 대한 인식이 좋지 않아 고민을 했죠. 옛날에는 정신병원에서 창살에 가두는 걸 봤기에 우리 아들이 그런 곳에 가야 한다는 사실을 인정을 못하고 못 받아들였죠."

하지만 그 후에도 어머니는 아들에게 정신병이 있다는 것을 받아들일 수 없었다. 어머니가 그토록 아끼고 애지중지했던 아들이었기에 다른 원인으로 이유를 들며 병을 다른 쪽으로 치료하길 원했다. 정신병원에는 절대 보낼 수 없다는 자존심에 치료의 시기를 점점 놓치게 되었고 결국 시간과 돈을 많이 허비하고 나서야 병원의 치료를 결심하게 된 어리석은 행동을 했다고 한다.

"한 1년 동안 Y동에 있는 병원에 다녔는데 거기서 지어준 약이 지하고 안 맞았던가 봐요. 아이가 약 부작용을 많이 일으켰는데 처음에는 그걸 병으로만 알고 나는 자꾸만 다른 짓을 많이 했어요. 귀신 붙었다고 굿도 하고 서울에 가서 유명한 박사님께 최면치료도 받고 하면서 돈도 엄청 많이 썼죠. 거기에만 딱 천이백만 원이 들어갔으니. 그래도 그 당시에는 우리 아들 살리고 봐야 한다는 마음에 전념을 다하다 보니깐 뭔가 좋아지는 것 같은 느낌이 들었죠.

그래서 힘들게 해서 대학교에 입학을 시켰는데 대학교 가서도 구타를 당하고 학교 적응도 못하고 하니깐 결국 2학년 1학기에 아들이 도저히 학교 다닐 자신이 없다고 하더라구요. 그래서 입원만은 시키고 싶지 않았지만 병원에 입원을 안 할 경우 정신과 약 먹은 기간이 1년이 넘지 않으면 그때 당시만 해도 군에 가야 했으니깐 잘못하면 군에 잡혀가서 더 큰일이 나겠다는 생각이 들었죠.

그래서 부랴부랴 아들이 엄마 나를 살리라 하면 자기를 병원에 입원을 시켜달라고 애원을 해서 D병원에 자진 입원을 하게 되었어요. 사실 그때만 해도 내가 약에 대한 지식이 없어 약 많이 먹으면 안 좋아질까, 정신과 약이 독하다는 편견에 약을 절반 빼고 주다가 재발을 한 적이 있었어요."

그는 아들의 병을 고쳐보겠다고 좋은 음식, 좋은 약, 좋은 환경을 만들어주기 위해 끊임없이 노력했다. 자신을 불태워서라도 아들이 나을 수만 있다면 뭐든 못 할 게 없다고 생각한 어머니는 아들에 대한 집착과 관심을 일기를 쓰는 것으로 바꾸게 되었고 그러한 행동으로 인해 아들의 변화를 객관적으로 보게 되고 또 병에 대한 이해가 쌓여갔다고 했다.

"내 걱정과 불안에 처음에는 약 관리도 내가 했는데 본인이 하려고 하고 또 약을 철두철미하게 먹으니깐 내가 훨씬 수월했어요. 다른 아이들을 보면 약을 안 먹으려고 해서 속을 썩이는데 우리 아들은 그런 건 절대 없었어요. 그때부터 나는 그저 옆에서 지켜주고 말 한마디도 안정감 있게 해주고 과일이라도 갈아주자 싶어서 그때부터 몸에 좋은 과일, 채소를 갈아주기 시작하면서 그게 벌써 10년이 넘네요.

그리고 약에 대해서는 저나 아들이나 철저하게 챙기고 또 조금이라도 변화가 있으면 기록해놓고 주치의 선생님께 이야기를 합니다. 아들의 증상의 변화 약 먹고 나서의 변화 그런 거를 잘 살펴보고 메모를 해놓고 기록을 해둬야 해요. 나는 항상 자료를 찾아보고 메모를 해두었다가 아들이 약 때문에 힘들어하면 의사선생님께 말씀드리죠. 엄마가 세심하게 살펴보면서 약을 줄여달라고 이야기를 하거나 증상이 안 좋으니 약을 더 달라고 하거나 그런 이야기를 해야 해요. 보호자가 가만히 입 다물고 있으면 안 돼요. 참거나 부끄럽게 생각하고 가만히 있으면 안 돼요."

자신의 무지와 어리석음이 아들의 병을 키웠다는 깨달음에 그녀는 더 큰 좌절과 아픔을 겪어야 했다. 또 다시 자신의 무지로 인해 그런 일이 되풀이 되어서는 안 된다는 깨달음이 있었기에 어머니는 시간이 지나면서 아들의 병을 조금씩 인정하게 되었고 또 병을 객관적으로 바라보기 위해 노력했다. 하지만 자신이 변화되었다 해도 주변 사람들이 자신과 자녀를 좋은 시선으로 바라보지 못하는 것에 대한 화, 원망이 커져 갔고 편견에 대한 두려움이 발목을 잡았다.

"내가 아들 병나고 나서 느낀 건 아무리 가까운 친구, 친척, 심지어 남편도 내 속마음을 다 모른다는 거예요. 사람들은 그래요. 그래서 더더욱 이야기를 안 하게 되요. 이해는 못하고 오히려 더 상처 주는 말만 하거든요. 아들이 발병하고 증상이 대개 심할 때는 3개월을 꼬박 먹지도 못했어요. 잠도 못 자고 먹지도 못하니 얼굴도 형편없고 환청도 심해져서 계속 환청이 시키는 대로 하는 아들을 보는 부모의 심정이 어떻겠어요.

그때는 우리가 아파트에 살았는데 아파트 주민들 사이에 아들에 대한 말들이 퍼져나가고 사람들 입에서 우리 자녀가 오르내리니 도저히 살기가 힘들었어요. 엘리베이터 타기도 무섭고 그때는 나도 같이 우울증을 앓게 되었죠. 정신적으로도 너무 힘들고 충격을 받으니깐. 그때 내 아이가 저렇게 아픈데 사람들은 너무 쉽게 학교폭력이니 왕따니 하면서 우리의 상황을 쉽게 입에 오르내린다는 것이

이해할 수 없었어요. (중략)

또 친척들도 마찬가지였어요. 우리가 큰집이라 제사가 많았는데 아들이 몸이 좋지 않으니 친척들이 왔다 갔다 하는 게 아들에게도 좋지 않고 나도 너무 불편한 거죠. 그런데 그런 걸 남편은 이해를 못해요. 친척이라 해도 내 마음을 어떻게 다 알겠어요. 그저 편하게 말 한마디를 못 해주니 그게 더 힘들게 하는 거죠. 친구들도 만나면 계모임에서 의사인 딸이 과를 정하는데 정신과를 간다는 말에 내 친구가 또라이와는 같이 지내기 힘들 것 같다는 말에 너무 기분이 나빠서 그 후로는 모임도 가지 않게 되었죠."

결국 어머니는 사람들과 소통하는 것에 마음을 닫게 되었고 자신의 내면을 닦기 위한 노력을 해야만 살 수 있을 것 같다고 생각했다. 그래서 자연치유, 자연명상에 관심을 갖게 되었고 불교공부를 하면서 마음의 번뇌를 내려놓는 훈련을 꾸준히 해 나갔다고 한다.

"혼자서 내 마음을 삭이고 풀 수 있는 방법을 찾아보니 산에 가고 절에 가고 몸에 좋은 건강한 음식을 만드는 것에 취미를 찾아서 요리를 좋아하게 되었죠. 그때만 해도 마음이 많이 상하고 우울증도 왔는데 지금은 많이 좋아졌어요. 우리 같은 부모들은 어디 가서 속 시원하게 자식 이야기를 할 곳이 없어요. 그나마 S기관에서 그런 모임을 하고 가족들 간에 이야기를 나눌 수 있는 기회가 있으니 얼마나 좋아요. 함께 아픔을 나누고 남들이 어떻게 생각할까 신경 쓰지 않으니 가족이나 친척보다 어떨 때는 더 가깝게 느껴지죠."

지금 현재의 삶 : 열매에 숨겨진 비밀

아들을 위해 모든 것을 쏟아내며 아름다운 열매를 기대했지만 그 열매에 집착한 탓에 어머니가 바라는 열매를 거두지는 못했다. 하지만 지나온 삶을 열매라는 결과보다 열매에 숨겨진 진실된 마음, 열매가 맺히기까지의 과정이 오히려 인생에서는 더 소중하다는 것을 깨닫게 되었다.

"아들이 약을 바꾸는 과정에서 오줌을 싼 적이 있어요. 자기도 얼마나 당황스러웠겠어요. 다 큰 어른이 이불에 오줌을 사니깐. '엄마 나 어떡해?'라고 하길래 '기운이 이렇게나 빠져나온 거니깐 내일은 더 좋아질 거다. 이불은 엄마가 빨면 되니깐 걱정하지 마라'고 한 적이 있어요. 그래도 지금은 훨씬 많이 좋아졌죠. 지난주에도 약이 한 알 줄었으니깐요. 아이가 늘 약에 취해 넘어지더라구요.

그럴 때면 나는 힘들고 고통스러운 것을 이겨낼 수 있는 힘을 달라고 기도해요. 이전에는 가진 것이 없어서 괴로웠어요. 나는 이거밖에 안 되나는 생각이 많았는데 아들이 아프고 나서는 오히려 내가 가진 것이 많다는 것을 깨닫게 되었어요. 〈반야심경〉에 보면 제행무상諸行無常이라는 말이 있어요. 세상에 모든 것은 변한다는 뜻이죠. 지금은 아들이 오줌도 누고 해도 이것 역시 변해서 점점 더 좋아질 거라는 기대가 있죠. 우리가 심리적 기억으로 안 변한다고 생각을 해서 마음이 괴로운 거지, 정작 모든 것은 흘러가고 변해가는 거라는 거죠. 모든 것이 변하는데 우리가 안 변하니깐 그것 때문에 우리가 괴롭다는 생각을 하게 되니 마음이 참 편해졌어요. 아들 때문에 오히려 더 많이 깨우치고 살아요."

어머니는 그동안 살아오는 삶 속에서 가진 화, 원망, 욕심을 비우게 되면서 일어난 큰 변화가, 아들을 보는 어머니의 마음이었다고 했다. 이전에는 아들의 행동이 눈에 차지도 않을 모습이지만 지금은 그마저도 건강하게 지내는 아들에게 감사를 가지게 된다고 한다.

"아들도 많이 변했죠. 처음에는 낮병원을 다녔는데 낮병원에서 한 단계 수준을 업그레이드한 게 복귀시설이었어요. S기관에 다니면서 아들이 많이 좋아졌죠. 지금 아들이 36살인데 병나고 나서 기억력이나 뇌에도 영향을 많이 받아서인지 지금은 거의 하는 행동이 어린아이 같아요. 이것저것 다 물어보죠. '엄마, 이거 어찌할까요?', '문 닫을까요?', '불 끌까요?' 그런 모습이 처음에는 견디기가 힘들었죠. 특히 공공장소에서 매너 없는 행동을 하기도 하고. 그래도 내가 일일이 잔소리도 하지만 복귀시설에서 사회 재활프로그램을 통해 배우기도 하고 대인관계를 하면서 본인도 느끼니깐 그런 행동이 많이 줄었죠. 진짜 아들이 S기관을 만난 게 나는 너무 감사하죠."

그리고 아들을 바라보는 시각이 변하니 주변사람들이 보이기 시작했다고 했다. 이전에는 주변사람들의 따가운 시선이 싫어서 마음 닫고 귀 닫고 살아갔지만 이제는 나처럼 힘든 시간을 겪고 있는 엄마들을 만나고 좋은 강의도 많이 들으면서 그들을 통해 자신이 부족했음을 느끼게 되었다고 한다.

"이전에는 나만 힘들다고 생각했는데 같은 아픔을 겪는 엄마들도 만나고 좋은 강의도 많이 듣고 하다 보니 정말 내가 나 자신을 모르고 있었다는 것을 느껴요."

모든 변화의 시작은 자신에게서 일어난다는 것을 이미숙 어머니를 통해 느끼게 된다. 어머니는 가족교육과 자조모임을 통해 그동안 몰랐던 자신을 보는 시간을 가졌다. 좋은 관계의 변화가 자신에게서 시작된다는 사실을 알게 되고 나서 그는 이전에는 남편과 아들이 변화되길 바랐다면 이제는 자신이 먼저 변화하기 위해 마음을 편하게 하려고 노력한다고 했다. 그리고 그러한 변화를 통해 가족들도 편안해하고 가족 분위기도 좋아진다는 것을 경험했다.

"저 역시 처음에는 제가 남편이나 아이들에게 잘한다고 생각을 했어요. 그런데 한번은 개인적인 일로 짜증이 나 있는데 아들이 일일이 물어보고 행동하는 모습이 확 받쳐서 짜증을 냈더니 '엄마는 개인 짜증을 왜 나한테 부리는 거죠?'라고 하는 말에 깜짝 놀란 적이 있어요. 그리고 아들이 '세상에서 엄마가 제일 무섭고 엄마가 제일 좋다'라고 하는데 제일 무섭다는 말이 가슴을 찌르는 거예요.

사실 전에는 내가 아들이나 남편한테 신경질을 많이 부리고 화도 많이 냈는데 되지 않는 사람에게 자꾸 요구하는 건 내 욕심이라는 생각이 들더라구요. 그래서 S기관에서 가족사업을 하면서 배운 걸 생활에서도 적용하려고 노력하다 보니 기대도 조금 더 내려놓게 되고 내가 조금 더 편안한 마음을 가지려고 노력을 하게 된 것 같아요. 결국 내가 변해야 가족도 자녀도 변한다는 사실을 너무 늦게 깨달았어요. 그래도 이제라도 깨달으니 그게 다행인 거죠."

어머니는 지난 삶을 뒤돌아보며 자신의 어리석음 때문에 하늘이 자신에게 공부를 시켰다고 했다. 자식을 통해 그가 얻게 된 깨달음은 자신이 인생을 통해 맺게 된 가장 큰 열매라고 했다.

"지난 삶을 뒤돌아보면 이런 생각이 들어요. '내가 너무 어리석었기 때문에 하늘이 나에게 공부를 시켰다. 비싼 공부. 내가 자식을 공부시킨 게 아니고 자식이 나를 공부시켰구나' 하는 생각을 하면 참 감사하죠. 나는 이런 고비를 넘겼기 때문에 아들이 한번씩 '엄마 죽고 나면 나는 어떻게 해?'라고 물어보면 '이만큼 살아내는 게 감사한 거지. 지금까지도 감사하게 생각하며 살아라'라고 말해줘요.

요즘은 나 홀로 사는 사람들이 많다 보니 또 그게 감사하더라고요. 그런 사람들이 많으니깐 우리 아이들같이 결혼 못하고 혼자 사는 사람들이 흠이 아니잖아요. 너무 감사하죠. 세월이 가고 시간이 지나 보니 그동안 내가 써낸 글들이 다 뒤돌아봐지더라구요. 그래서 그런 마음을 글로 쓰고는 싶었는데 글쓰는 재주가 없어서 잘 쓰지는 못해요. 일기 정도 써 놓은 게 있는데. 많은 시간을 지내오면서 내가 해놓은 것에 감사하고 또 자식이 나를 가르쳐줬구나 싶어 자식에게도 감사해요."

어머니 아들은 2014년 정신장애문예공모전에서 시를 써서 장려상을 받았다. 어머니의 변화를 통해 아들도 점점 자신의 삶을 더 넓게 그려나가고 있다. 아들은 어머니가 생각하는 것보다 훨씬 뛰어난 감성과 순수함으로 문학적 소양을 꽃 피우고 있다. 그리고 아들의 글을 읽고 어머니는 힘들었던 옛 시절을 떠올리며 세월의 변화에 모든 것이 감사하다고 말한다.

마 당

박○민

나에게 최초의 마당은 주인집 마당이다. 시끄럽게 뛰어노는 나를
훈계하던 주인아주머니 목소리가 그 마당에 항상 있었다. 주인아주
머니가 미웠다. 이제 3가구 세를 주는 2층 주택의 주인이 되어 보
니 우리 어머니도 세를 사는 사람에게 불만이 생기기도 한다.

*2014년 세상에 외치는 소리 시인선 001《비상구》에 수록된 아들의 자
작시)

"아들이 마당이라는 글을 썼다고 해서 보니 아들이 3살 때인가 5
살 때인가 세를 살 때였죠. 주인집에서 바깥마당에 아무것도 못 내
놓게 하고 물세란 물세는 우리한테 덤탱이를 씌우고 힘들게 살았던
적이 있었어요. 그런데 그걸 어떻게 기억했는지 그때의 자기의 생
각을 글로 적었더라구요.

힘들게 살던 그때의 시절도 시간이 가니간 언제 그랬냐는 듯 우
리가 주인이 되어 입장이 바뀌었고, 아들이 정말 아파서 혼자서는
아무것도 할 수 없던 시절도 이제는 혼자서 여행도 다니고 맛집도
다니고 나 역시 여행도 다닐 수 있게 되었으니 얼마가 큰 변화죠.
시간이 지나갔으니 이제 마 됐다. 앞으로 일을 생각하자는 생각으

로 살아갑니다. 지나간 시간, 기억에 매달려서 살았던 나 자신이 이제는 시간이 지나면 다 괜찮아졌다는 생각으로 변해가고 있어요."

그리고 이제는 과거에 집착해서 살아가기보다 자연의 흐름에 따라 매 순간 붙잡지 않고 집착하지 않고 살아가기로 다짐했다고 한다. 그리고 이러한 진리를 받아들이기까지는 지나온 삶의 경험이 자양분이 되어 자신의 삶에 좋은 열매를 맺게 되었다고 한다.

"아들을 키우면서 나와 비슷한 경험을 한 사람이 있으면 내 삶의 경험이 줄줄 나오게 되죠. 그만큼 경험한 것이 많고 그 경험이 이제는 내 삶에 많은 기회가 되기도 하고 용기가 되어요. 아들과 같은 병을 가지고 힘들어하는 많은 부모들도 나의 경험이 조금은 힘이 되었으면 좋겠어요. 누구나 크고 좋은 열매를 바라지만 살아보니 그것이 크거나 화려하다고 좋은 것이 아니라 작고 미약해도 내 자신이 그것을 어떻게 받아들이느냐에 따라 같은 열매가 달라 보인다는 것을 깨달아요.

이전에는 내가 이 세상에서 가장 힘들고 억울하다고 생각하면서 사람들도 많이 미워하고 내 삶을 원망했는데 마음이 많이 변했죠. 결국 모든 것은 내가 어떤 마음으로 바라보느냐가 내가 살아가면서 얻은 진리예요. 나는 매일 우리 아들이 집으로 들어오면 '부처님이 오시는 갑다. 저 아이가 나의 부처님으로 태어난 아이구나'

라고 생각해요. 이런 마음을 가질 때 나도 아들도 지금이 참 좋다
는 생각을 해요. 욕심 없이 그냥 지금 이대로 매 순간을 감사하며
살아가려고 해요."

집착하지 않는 삶에 가장 필요한 것이 그동안 자신이 용서하지
못했던 사람들, 미워했던 사람들을 사랑하고 그들을 위해 기도하는
일이라고 했다. 용서와 사랑을 한다는 것이 말로는 쉽지만 잘 되지
않았는데 진정 그들을 용서하는 것이 자신을 행복하게 만드는 길
이라는 것을 뒤늦게 깨달았다고 한다.

"집안일을 할 때 가끔씩 과거의 아득했던 시간이 떠오를 때가 있
어요. 그럴 때마다 나는 지금 감사한 것을 떠올려요. 그러다 보면 또
지금 내가 가진 것이 얼마나 많은지 또 되돌아보게 되죠. 내가 미워
했던 엄마, 나를 힘들게 했던 큰 언니, 시어머니도 이제는 다 용서
해요. 큰언니는 아직 살아 있어서 요즘에는 내가 언니 데리고 산에
도 가고 좋은 거 있으면 나눠먹고 그래요. 나의 어리석음으로 사람
들을 사랑하지 못했고 미워했던 것이 결국 나에게도 다 돌아오더라
는 것을 너무 늦게 깨달았어요."

이미숙 어머니와 2014년부터 3년 동안 가족사업을 하면서 삶의
많은 이야기를 나눴다. 그 시간 동안 어머니는 인생의 숲을 거닐면

서 지난날 자신의 무지와 어리석음을 알아채고 자식의 아픔을 통해 자신을 내려놓는 법을 배울 수 있었다고 한다. 그리고 돌아보니 지금의 삶이 가장 행복하다고 했다. 욕심과 미움을 비워내고 사랑과 용서로 채워가는 마음에 진정한 행복이라는 열매가 맺힐 수 있다는 것을 깨닫는다. 그가 지난날 흘린 눈물과 수고로 맺힌 땀의 흔적이 걸어온 길 위에 소복히 쌓여있다.

이 세상 모든 것은 변한다는 제행무상諸行無常의 원리는 지나간 과거에 메이거나 다가올 미래에 대한 불안을 살아가는 것이 아니라 '지금 여기'라는 현재의 삶을 실천하는 우리에게도 많은 생각을 갖게 한다.

사랑이 깃들어진 손길로 따뜻한 밥을 짓고 따뜻한 손길로 집을 짓는 그 마음으로 모든 일에 정성들여 씨를 뿌리면 반드시 그 결실을 기쁜 마음으로 거둬들이게 된다. 비록 희망이 없는 상황에서도 씨를 뿌릴 용기만 있다면 마침내 더 큰 희망의 열매가 맺게 된다는 것을 그의 인생의 숲을 거닐며 깨닫는다.

05
아낌없이 주는 나무

숲을 걷다 더위를 식히기 위해 나무 그늘 밑에 들어간다. 나무를 보면 나무는 자신을 위해 그늘을 만들지 않는다. 한 소년을 위해 열매를 내어주고, 시원한 그늘을 내어주고 나중에는 잘려나간 밑둥마저도 그루터기의 의자로 내어 지친이의 쉼터가 되어준 아낌없이 주는 나무가 떠오른다.

수채화 같은 나무의 순수한 사랑이야기에 어릴 적 큰 감동을 받았다. 다른 이를 위해 그늘을 만들어 내어주는 나무는 어머니들의 인생을 닮았다. 자신이 아닌 자식을 위해 한 푼이라도 더 아끼고 자신은 굶더라도 자식에게는 좋은 것으로 먹이려고 했던 어머니의 그늘이 있었기에 자식은 더위를 이길 수 있었으리라.

강부자 어머니의 딸은 S기관에 10년째 다니고 있다. 오랜 기간

동안 재활활동 중인 그녀에게는 늘 든든한 어머니가 있다. 부족하지만 하나밖에 없는 외동딸 걱정에 어머니는 항상 딸의 안부를 전화로 묻곤 했다. 2014년 가을, 가족사업을 위해 가정방문을 간 그 시간 어머니가 살아온 지난날의 삶을 들을 수 있었다.

성장과정과 결혼 전까지의 삶 : 일제강점기와 전쟁이 남긴 상처

강부자 어머니는 1940년대 광복이 되기 전 일제 시절 4남 1녀 자녀들을 먹여 살리기 위해 일본으로 들어가 장사를 했던 부모님 밑에 외동딸로 태어났다. 강부자 어머니 가족은 광복이 된 직후에 다시 한국으로 돌아왔다고 한다. 당시 1940~1960년대 한국은 일제강점기와 전쟁으로 인해 삶이 녹록치 않았고 배고픔을 이겨내기 위해 생계를 걱정했던 힘든 시기였다. 시대적 아픔과 가난이라는 매서운 바람을 맞으며 자라난 어머니의 삶 속에는 그녀의 얼굴에 깊게 패인 주름살보다 많은 애환이 담겨있다.

"우리 아버지가 5남매를 앉혀놓고 항상 하시던 말씀이 '사람이라고 하는 거는 정월초 하룻날 먹은 마음이 섣달 그믐까지 가야 하고, 돈을 벌었다 하더라도 공돈이 생겼다 하더라도 어찌될지 모르니깐 아껴 쓰고 남을 항상 생각해야 하고' 이런 얘기를 많이 하셨어. 우리 아버지는 한문을 알고 엄마는 촌에서 커서 일자무식인 기라. 만날 의견충돌하고 많이 싸우시더라고.

내 기억에 우리 엄마는 평생 말이 없었어. 이야기를 잘 안 했어. 어릴 때 기억에 오빠가 복막염이 와가지고 그 당시 좋은 병원에서 수술을 해서 겨우 살렸는데 모아둔 재산을 병원에 갖다준다고 한 기억이랑 우리 집이 부식가게 했던 기억이 나. 큰오빠가 15살 때 장가가고 작은오빠가 20살 때 장가갈 때쯤 엄마가 48살인가에 막냇동생을 낳아놓으니깐 우리 오빠랑 같이 아이를 낳았는 기라. 그 당시 산화고무가 있어서 내가 거기서 얘기를 업고 엄마한테 젖 먹이러 댕기고 했었지. 그때가 내가 8살 때인가 9살 때인가. 동생을 매일 5리 정도를 업고 다녔거든. 엄마한테 젖 먹이러 댕겼지."

지금 70세, 80세가 되신 할머니, 할아버지가 살아온 시대는 지금 우리는 그리지 못한 시대였다. 일제강점기, 전쟁의 아픔으로 인해 늘 배고픔과 추위로부터 자식들을 지키기 위해 어떤 일도 마다하지 않았던 것이 당시 부모의 마음이었다. 이전 세대의 삶은 모두 그랬다. 일제강점기 나라 없는 민족으로 출생하여 한국전쟁 때 동족의 총부리 앞에 무참히 쓰러져가는 모습을 보면서도 자식이라는 희망을 위해 고난의 고통을 묵묵히 삭여낸 부모님의 삶이었다. 그런 부모에게 짐이 될까 봐 그는 공부보다는 돈을 벌어야겠다는 생각을 했다. 그런 부모 밑에서 자라난 강부자 어머니도 어릴 적부터 생활력이 강했다

"어릴 때 우리 고종사촌은 지가 돈을 벌어가 옷도 사입고 하는데 나는 오빠가 미군부대에서 주는 옷을 맨날 입고 해놓으니깐 그게 그렇게 부럽더라고. 그래서 내가 아버지한테 '아버지 나 방직회사 양선공으로 들어가면 안 돼요?' 하니 우리 아버지가 '그래도 여자는 중학교는 나와야 한다' 해서 내가 친구랑 같이 학교를 다니니 시작했지.

거기서 좀 댕기다가 도저히 수학을 못하겠는 기라. 우리 오빠가 공부를 잘해가 내를 가르쳐줬는데 오빠는 내가 공부 모른다고 두드려 패고 옳게 가르쳐주지도 않고 두 번 가르쳐주고 못 한다고 하고 해서 도저히 안 되어 '내 일하러 갈랍니다' 하니 아버지가 '그래 그럼 니가 정 그렇거든 그럼 학교 가지 마라. 여자는 지 이름만 쓸 수 있으면 된다'고 해서 그 길로 방직회사에 들어가서 거기 댕겼다 아이가."

결혼과 자녀의 발병 이전의 삶 : 박복한 팔자

강부자 어머니는 어린 시절 학업이 아닌 공장 일을 선택했다. 그러다 보니 생계를 책임질 능력이 있는 남편보다는 자신보다 똑똑한 사람이 눈에 들어왔다고 한다. 부모에게 자식은 늘 걱정과 근심의 대상이다. 결혼해서 잘 살아가면 좋으련만 결혼 후 어머니는 삶에 대한 원망을 털어놓을 시간조차 없이 살았다.

"우리 영감이 상고를 나왔는데 나는 초등학교 밖에 못 나오고 그
랬지. 그래 남편은 고등학교라도 나와야 한다고 해서 중매로 고등
학교 나온 남편을 만났는데 그때는 P면에서 고등학교 다닌 사람이
몇 없었어. 그래 놓으니 내가 고등학교 나왔는데 얄구진 거 할 꺼면
일을 안 할라고 해. 그럼 고등학교 마쳐가 직장을 선택하라 해도 일
하러를 안 갈라고 하는 기라.

그래 돈을 안 벌어다주니깐 이래는 못 산다해서 내가 부식가게를
했거든. 그래가 오토바이나 자전거를 타고 나를 도와달라 해도 그거
명 짧은 사람 타면 죽난다고 해서 안 할라고 해. 그러면 우짜가 살라
하노 해서 내가 하도 답답해서 아는 사람한테 리어카를 짜달라고 해
서 그 당시 시외버스 정류장에 가서 미숫가리 항아리에 타 가지고
잔에다 팔아서 5원이가 받았는데 그 일을 하라고 해도 챙피스러워
서 굶어 죽었으면 죽었지 그 일도 못 한다 해서 맨날 싸우고 그랬지.

남편이 평생 무직으로 살았으니깐 사이가 원만했겠나. 남편이 너
무 게을러 가지고 결혼하고 나서 우리 아버지가 쌀로 한 말 시골서
지고 와서 우리 집에 와서 보고 울고 가셨지. 내 딸 하나 있는 거 저
런 줄 몰랐다. 그렇게 골라서 시집보냈는데 내 딸 고생한다고 하면
서 내려가셨어."

돌도 안 된 젖먹이 자식을 떼어놓고 일을 하러 가는 것은 쓰라린
마음이었지만 어머니는 자식을 위해 돈을 벌어야 했다. 하지만 일

하러 가는 발길이 무거운 것은 어쩔 수 없었다. 하지만 어머니는 자식을 위해 강해져야 했고 집안을 책임져야 했다. 그리고 그런 삶을 후회하기 보다는 자신이 타고난 복이 적어서라고 자신을 탓했다.

"아이 놓고 첫돌 지나고 일하러 갔다고 애를 업고 가니깐 애 다치고 한다고 오지 마라 하더라고. 그래서 내가 그거를 업꼬 리어카 끌고 가서 미숫가리 장사를 했는데 거기서 일하고 있으면 보건소에서 단속 나와가 몽둥이를 들고와서 항아리를 깨고 그래서 다음에는 플라스틱을 가지고 가면 그것도 때려가 쩍 갈라지고 미숫가리 다 새어가지고 아이를 업고 도망간다고 고생했지. 도망 안 가면 박살이 나고 진짜 어렵게 살았는 기라. 쓰는 거는 참 쉬운데 돈벌이가 정말 힘들더라.

방직회사에서 근근히 베틀이 비어 있다고 해서 일하러 올라면 오라고 해서 첫돌 지낸 거를 봐줄 사람이 없으니깐 혼자 방에 놔두고 방문을 잠가놓고 요강 들나놓고 과자 사다 넣어주고 나는 일하러 가고 했지. 주인집에서는 내보고 애 좀 키워놓고 다니라고 했지. 아이가 잠이 오면 울고 하니깐. 마음이 아파도 딸은 내같이 안 살아야 한다는 마음에 남편도 일을 안 다닐라 하제 마음이 불안해서 내가 많이 일하면 살아갈 수는 있으니깐 그렇게 살았지. 그러다가 도저히 안 되겠다 싶어서 가게 있는 집을 얻어서 야끼모, 군밤, 간장 같은 거 파는 장사를 영감이 조금 하고 나는 그 후로 애를 놔두고 일하러 다니고 했지. 내가 복이 없어서 그런 거지."

강부자 어머니는 매일의 삶이 고단하고 힘들어서 자식들 밥 안
굶기게 하는 것이 부모로서 자식에게 해줄 수 있는 사랑이자 희생
이라 생각했다. 그런 그가 지금의 부모들처럼 자녀와 시간을 같이
보내면서 사랑을 주고 하는 것은 버거운 일이었다. 일하고 녹초가
되어 돌아오면 쉴새 없이 또 남편과 자식 뒷바라지를 해야 했다.
자존심만 강한 남편은 집안 일이고 바깥 일이고 하나도 할 줄 모
르는 사람이었다. 그저 아빠로, 남편으로 살아있는 것만으로 만족
해야 했다.

"어느 날 내가 이틀로 미싱공장에서 일하고 집에 왔는데 아이가
안 보여서 남편한테 '우리 미선이는요?'라고 물으니 '몰라, 저거 어
제부터 밥도 안 먹고 저래 있다' 해서 가보니 아가 다 죽어가는 기
라. 신장염에 걸렸었는데 아빠라는 사람이 어찌 그래 무심한지. 그
래서 내가 저 사람하고 평생을 살겠나 싶고 내가 암만 복이 이것뿐
이라도, 이런 생각을 했지.
그런데 옛날에는 딸만 놓고 아들 못 낳은 사람은 친정으로 쫓겨
온 사람도 많은 기라. 그래 내 생각에 내가 인물이 잘났나. 내가 자
식을 남만치로 아들을 낳았나. 음식솜씨가 있나. 아이고 나도 보잘
것없는 기 남편 탓한다고 내가 만일 저 남편하고 이혼을 한다고 가

정을 하면 나는 그라면 이혼하고 나서 누가 돈을 한 보따리 가져다 주는 것도 아니고 내 복에 어떤 남자 만나서 살겠노 싶데.

내가 이혼을 한다치더라도 저 남자한테는 딸아 맡기지도 못하겠고, 지도 못 먹고 사는데 우째 맡기겠노라는 생각에 그저 내가 노력해가 벌여먹고 살아야 하니까 딸아 저거 있을 동안 내가 일하러 다니는 동안 그래도 집에서 아이라도 봐주면 없는 거 보단 안 낫겠나 생각을 했지. 내가 복이 이것뿐인데 어째 살아야지 생각하면서 살아왔지. 그래 놓으니 딸한테 신경도 못 쓰고 사랑도 못 주고 그렇게 된 거지."

자녀의 발병과 그 이후의 삶 : 매 순간이 전쟁인 삶

너무 앞만 보고 달려와서인가. 강부자 어머니가 전쟁 같은 삶을 살아가는 동안 딸이 아프기 시작했다. 갑자기 이상한 행동을 하는 그녀를 보고 동네사람들은 귀신병에 걸렸다고 생각했다.

"처음 병이 왔을 때 아이가 갑자기 조상단지에 절도 하고 이상한 행동을 하니깐 귀신이 붙은 줄 알았지. 사람들이 귀신 들렸다고 했거든. 그래서 굿도 하고 절에 데려다놓고도 했는데 결국 더 상태가 안 좋아지는 기라. 그래서 나중에 알아보니 정신과 병원에 데리고 가보라고 해서 M병원에 데리고 가니 정신병이라 하데. 그래서 그

길로 입원시키고 치료 좀 받다가 나오니깐 괜찮은 기라.

당시 그때는 딸이 처녀고 예뻤고 그래놓으니 주위에서 자꾸 결혼을 시키라고 중매가 들어오더라고. 그래서 병원 주치의한테 결혼을 시킬라고 하는데 물어보니깐 약은 계속 먹어야 한다고 하면서 신랑한테 얘기를 하라고 하대. 그래서 약을 먹고 결혼할 사람한테 얘가 약간 우울증처럼 신경안정제를 좀 먹는다고 얘가 말을 안 하고 소심하다고 그랬더니 남편이 괜찮다고 해서 결혼을 시켰지.

결혼하고 5개월 정도 시아버지를 모시고 있었는데 딸이 원래 조금 정신연령이 낮고 소심해. 그래 시아버지를 병원에서 모시면서 간병을 하다가 동서랑 트러블이 생겨서 싸움을 하게 되었어. 그래 결혼 5개월 후에 남편이 전화가 와서 누워 자고 방에서 나오지도 않고 그런다고 연락이 왔어.

나는 가슴이 철렁하더라고. 그래 입원을 시켰는데 임신 중이라서 애기를 유산시켜야 되나, 어째야 되나, 하고 있는데 의사선생님이 유산은 안 된다고 하대. 그래도 나는 기형아가 나올까 봐 겁이 나는 기라. 엄마도 그런데 아이도 그라면 우짜노 싶고. 그래 결국 아이를 낳았는데 크고 나서 보니 아들도 ADHD라는 거라. 엄마는 정신병, 아들은 ADHD. 내가 딱 기가 찬 거라."

자식은 나처럼 안 살게 하려고 아등바등 살아온 시간이 무심하게도 자식은 정신병에 걸렸다. 어머니는 자신이 복이 없어서 자식마저도 그렇게 되었다는 마음에 아픔을 가슴속으로 삭여야만 했다. 하나밖에 없는 자식을 위해 한평생 몸 바치며 살아왔는데 그 사랑을 표현하지 못하고 주지 못한 자신이 원망스럽고 또 안타까울 뿐이었다. 옛 어른들이 살아있다는 것은 매 순간 고락의 경계를 넘나드는 일이라 한 말은 어머니에게 하는 말처럼 들렸다.

"내가 살아온 날을 돌아보면 이날 평생 남편이 돈을 못 벌어다 줘서 맨날 내가 벌여서 먹고살았지. 생활이 열악해서 그 영향이 아이에게 미친 것 같아서 자격지심이 있어, 잘해줘야지, 내가 살 날도 얼마 남지 않았는데 진짜 잘해줘야지, 하면서도 또 딸의 모습을 보고 있으면 답답하고 화가 나고 그래. 집안에 틀어박혀서 도통 나올 생각을 안 하고 영감 죽고 가족이라고 지랑 내뿐인데 추석에도 집에 오라고 해도 안 오고 내가 외롭다고 집에 놀러오라고 해도 안 오고 S기관에 가라도 해도 안 가고 집에서 나가려고 하질 않아요.

저거 아빠를 닮아가 본 바탕이 게으른데 병이 걸리니 더한 것 같아요. 물어도 말을 안 하고 원래 말도 없고. 옛날에는 그래도 S기관에서 활동도 참 많이 하고 일도 하고 했는데 이제는 전혀 가려고 하지 않으니 매일 간섭 아닌 간섭을 하게 되고 짜증이 나고 울화가 치밀어서 견딜 수가 없어요. 그러면 딸은 '또 잔소리 잔소리 시끄러' 그러면서 달라들고. 그러고 나면 너무 속이 상해요. 그게 병인 줄 알면서도 참 힘드네요."

지금 현재의 삶 : 아낌없이 주는 나무

자식과 손자를 위해 먹고살 돈은 모아두었다는 강부자 어머니는 이제는 편하게 쉬어도 되지만 젊어서 일하던 습관이 평생 남아서 이제는 일거리가 없으면 불안하고 가만히 있지를 못한다고 한다. 늘 누군가의 그늘이 되어주는 삶을 살아왔던 어머니가 이제는 그늘 속에서 편히 쉬기를 바랐지만 어머니는 그러지 못했다.

"내가 몸을 좀 바쁘게 움직이면 살 수가 있는데 계속 누워만 있고 하면 내가 살 수가 없어. 월·화·수·목·금 봉사활동, 복지관, 교회 사랑방, 노인대학, 교회, 설거지 봉사로 혹사를 해요. 하루 쉬는 날 없이 돌아다니면 다리가 아프긴 해도 마음은 즐겁고 좋아. 뭔가 할 일이 있다는 생각에 감사하고 또 그렇게 하고 있으면 잡념이나 걱정도 없어지고 그래서 좋지."

그러나 쉼 없이 몸을 움직여도 늘 머리로는 자식에 대한 걱정과 죽고 나면 누가 자식을 돌보아주나 하는 불안감에 늘 마음이 무겁다고 한다.

"사실 내가 지은 죄가 있으니깐 참아야지 하면서도 한번씩 딸이 말도 안 듣고 자기 집에 가도 물을 열어달라 해도 안 열어주고 하면 내한테 아들이 있나 누가 있나 딸 하나뿐인데 지라도 있어야지. 그런데도 아버지 초상날도 안 오는 거예요. 그래 하도 내가 화가 나서 '니캉 내캉 죽자'하니 손자가 또 불쌍한 기라. 그리고 우리 손자도 지금 군에 가 있는데 군에서 휴가 나오면 집에서 게임만 하고 있길래 내가 한번은 보골이 나서 '니 너거 아버지한테 가라. 니 내가 키울 때 내가 밤에 맨날 업고 키웠다. 그런데 니는 대학졸업하고 나서 선교사로 가고 나면 내 죽고 나면 너거 엄마 저건 어짤래' 그랬더니 손자가 '할머니 내가 심리공부도 하고 교수님한테 부탁하고 해서 엄마 잘 돌볼게요.' 하대.

그런데 이번 휴가 나와서는 '할머니 내 장가 가면 나는 팬찮지만 나한테 시집 올 여자는 어떡해요' 하더라고. 그래 내가 어째 화가 나는지 '그냥 우리 세 명 다 죽자. 내가 하루라도 늦게 죽으면 다행인데 그렇다고 자녀를 내가 죽이겠나. 니가 돌봐야 하는데 선교활동 한다고 나가서 한국에 안 들어오면 우짜노. 너거 엄마는 우짤긴데. 내가 속이 상하고 해서 그렇다' 했더니 손자도 지가 힘드니깐 할머니가 오래 살았으면 싶은가 봐. 아무래도 내가 지보다는 빨리 안 죽겠나. 내가 80살까지 산다고 해도 얼마나 살겠노. 어쨌든 아들이 자기 엄마가 그러는 걸 좀 이해하고 같이 살고 손주가 엄마를 좀 돌봐줬으면 좋겠는 게 내 솔직한 심정이야."

어머니는 결혼 후 지금까지 남편 걱정, 자식 걱정으로 눈물이 마를 때가 없었다. 모든 일이 끝날 것 같은 절망감 속에서도 빛과 같은 희망을 발견할 수 있다면 그것은 어쩌면 자식일 것이다. 자식을 위해서라면 목숨도 아깝지 않고 자식을 위해서라면 섶을 지고 불속을 들어가도 두렵지 않을 위대한 존재가 바로 어머니이다.

1년 전 강부자 어머니의 남편은 세상을 떠나셨다. 한평생 돈 한 푼 벌어다주지 못한 남편이지만 원망보다는 그래도 아쉬움이 크다고 한다. 남편의 마지막 길을 배웅하기 위해 찾아간 빈소에서 어머니는 남편이 마지막 떠날 때는 어머니 고생을 안 시키려고 노력하고 갔다고 말하며 남편의 빈자리를 그리워했다. 그리고 그 후 어머니를 오랜만에 찾아 뵈었을 때 어머니 마음에 조금의 여유가 생기셨다. 그리고 지난날의 시간을 돌아보며 자신이 내어준 삶에 행복과 감사를 느낀다고 했다.

"작년에 남편이 죽고 나서 생각이 많이 바뀌더라고. 사람이 빈자리가 그렇게 클 수가 없대요. 내가 살아보니 재산이 많고 돈을 잘 버는 사람도 병이 드니깐 10년을 코에 호스를 넣고 숨을 쉬고 그렇게 살다가 가고. 우리 오빠도 멀쩡하게 건강하시다가 갑자기 심근경색으로 돌아갔지. 엊저녁에 대화하고 잠자고 나서 일어나니깐 돌아가셨다고 전화가 왔더라고. 그런 거 보면 우리 남편은 이날 평생 돈은 못 벌어다줘도 내 고생 안 시키고 갔다 싶어. 딱 세 달 열흘 고생하고 갔어. 내가 아등바등 살았는데 남편도 나를 생각해서 나중에 고생 그렇게도 안 시키고 갔제.

딸도 내 곁에 있어주는 것만 해도 감사하고. 이제는 모든 게 그냥 감사하게 생각이 들어요. 모든 것에 마음이 편안해요. 난 가슴이 답답할 때 기도를 하거든. 우리 딸이 지금보다 더 안 나빠지면 좋겠다. 요대로라도 앞으로 지낼 수 있다면 정말로 감사하겠다 싶어. 내가 요즘은 감사한 마음으로 살아가려고 해. 저런 딸이라도 내 곁에 있는 게 그저 고맙고 만약 자식이라도 없었다면 내 혼자 살면서 얼마나 적막강산이고 외롭겠노. 아무리 친구가 좋다 해도 피붙이만 안 하겠나. 감사하지 더 이상 안 나빠지고 저 상태만 유지가 되어도 내가 살다가 죽으면 감사하지. 이젠 그 마음뿐이라."

한평생 박복한 팔자라고 외치며 억척 같이 힘들게 살아온 그의 삶은 한 고비 한 고비가 전쟁과도 같은 생이었으나, 올해 75세에 접어든 그는 그동안 살아온 세월에 원망과 후회보다는 감사뿐이라고 한다. 입에 풀칠조차도 하지 못할까 전전긍긍하며 남편과 자녀를 위해 온몸을 던져 생계를 일궈온 헌신이 있었기에 그래도 지금껏 자식들의 든든한 그늘이 되어 잘 살아올 수 있었으리라 생각한다. 자신을 내어줌으로 행복을 느낀 아낌없이 주는 나무처럼 어머니의 삶도 자신의 밑등까지 아낌없이 내어준 사랑이다.

어머니의 삶에 대한 이야기를 함께 듣고 있던 딸이 엄마의 삶을 떠올리면서 우리 엄마는 나무같다고 한다. 늘 자신을 든든히 지켜주어서 그렇다고 한다. 나무는 자신을 위해 자라지 않는다. 손에 손을 마주잡고 더 큰 그늘을 만들어 더 많은 이들을 품는다. 어쩌면 이제는 어머니가 아닌 딸이 나무가 되어야 할 때인지도 모른다. 우리는 누군가에게 나무와 같은 사랑을 받기도 하고 때론 우리가 나무가 되어 사랑을 나눠주기도 한다. 나무와 같은 자세로 살아갈 때 이 세상은 더 밝게 빛날 거라 생각이 든다. 아픈 딸이 옆에 있는 것만으로 좋다며 웃는 어머니의 눈가에 둥근 나이테가 그려진다.

담 쟁 이

박○선

추억이 생각나는 담쟁이덩굴
나는 당시 부모를 등지고 있는 터라

그 당시 담쟁이는 친구 같은 존재였다
외로워 엄마가 보고 싶으면
동네 밖에 나가 만져보곤 했던 그 담쟁이

그 당시엔 그렇게도 신기하게만 느꼈던
그 여름의 담쟁이는 나의 순수함이었다
도시 출신인 나에게 담쟁이는 잊을 수 없는

친구이기도 했던 그 담쟁이
그러나 이젠 그 담쟁이도 그런 추억도
순수함도 진실함도 없다

물질문명이 발달한 지금
내 마음은 공허하기 짝이 없다
이젠 그 담쟁이와 더불어
사라진 지 오래이기 때문이다

 *2012년 부산문화재단에서 주최한 문예발표회에서 딸의 자작시

06
인생의 계절

삶이란 늘 선택의 연속이다. 아름다운 쪽이냐 부끄럽고 추한 쪽이냐를 선택하는 것은 늘 우리에게 달려 있다. 특히 인생의 계절이 깊어질수록 선택은 더욱 중요하다. 가을의 단풍처럼 나이가 들수록 아름다워지는 것이 잘 늙어가는 모습일 것이다. 태어났을 때보다 조금은 더 좋고 훌륭한 사람으로 죽을 때까지 아름다운 영혼을 가지고 살아가는 것이 우리가 바라는 삶의 선택일 것이다.

어머니들의 인생을 거닐면서 나이가 든다는 것에 대한 의미를 떠올려본다. 매 순간 선택의 연속이었던 삶 속에서 어머니는 어떠한 선택을 하며 살아왔는지, 그리고 지금은 어떤 삶의 태도를 가지며 살아가고 있는지 여쭙고 싶었다. 4년간 만난 어머니 중에 가장 연세가 많으신 김영희 어머니와의 만남을 통해 어머니가 살아온 인생의 계절을 그려보았다.

성장과정과 결혼 전까지의 삶 : 유복했던 어린시절

올해로 여든 두 살이 된 김영희 어머니는 부산 초량동에서 4녀 중 막내딸로 태어났다. 유복한 환경에서 태어난 그는 부모님의 많은 사랑을 받으면서 성장했고 6살 때 유치원을 다닐 정도로 유복한 환경에서 자랐다. 어머니가 유치원을 다닐 시절은 1940년 우리나라가 일제강점기로 당시 학교를 다닌다는 것은 정말 부자가 아니면 힘든 시절이었다. 비슷한 연세에 어머니들 대부분은 당시 학교교육을 받지 못해 한글도 잘 모르는 분들도 많았던 터라 그 시절 유치원을 다녔다는 사실은 어머니의 가정이 얼마나 부유했는지를 알게 해주었다.

"나는 딸 넷에 막내였거든. 아주 귀하게 자랐어. 어릴 때는 내가 너무 귀염받고 살았어, 막내라고. 그때 유치원에 간다 하면 부자 아니면 못 가는데 나는 유치원에도 갔지."

어린 시절 아버지는 부두에서 물건 감독하는 일을, 어머니는 하숙을 하였다고 한다. 일본 상인들이 싣고 온 물건을 총감독하는 일을 했던 아버지는 당시 높은 지위에서 노동자들을 관리할 정도로 대인관계나 통솔력이 있는 분이셨다고 한다. 반면 어머니는 인자한 성품에 여성스러움을 갖춘 조신한 성격으로 아버지와 어머니의 사랑을 많이 받았다고 한다. 어머니를 떠올리자 이내 그의 눈가에는 눈물이 맺혔다.

"우리 엄마는 너무 인자해요. 엄마 생각하면 지금도 눈물이 나
요. 특히 내가 괴로울 때 외로울 때 엄마 생각하면 저절로 눈물이
나와요."

'엄마'는 그 이름만으로도 위대한 존재이다. 김영희 어머니에게
도 엄마는 그러했다. 기쁠 때나 좋을 때, 괴로울 때나 힘들 때나 언
제나 가장 생각나는 이름이다. 오십이 넘은 막내아들이 있는 그에
게도 엄마는 위로와 그리움의 대상이다. 지나온 수많은 세월이 남
긴 아픔의 상처에 위로를 받을 수 있는 언덕이 있다면 그건 어머니
의 품일 것이다. 여든이 넘은 나이에도 그의 두 눈에는 엄마에 대
한 그리움이 맺혀 있었다.

어린 시절 이야기를 해달라는 말에 김영희 어머니는 더운 여름
개울가에서 언니들과 함께한 추억을 떠올렸다. 더러워진 몸을 깨
끗하게 씻기기 위해 옷을 벗기는 언니와 발가벗는 것이 부끄러워
이리저리 도망치는 자신을 잡으러 다니는 언니와 개울에서 물장구
치며 깔깔깔 웃는 모습을 그리며 어느새 그의 입술에 행복한 미소
가 번졌다.

"아주 어릴 때인데 우리 집에 딸이 넷이고 내가 막내인데 우리 언

니가 여름되면 발가벗겨 목욕을 시켜줬지. 나는 부끄러워서 안 하려고 피하고 언니는 나를 씻기려고 하는 그 장면이 떠올라요. 그때는 너무 부끄럽고 하기 싫었는데 언니들과 함께했던 물장구치는 그 장면이 지금도 머리에서 떠나질 않아."

김영희 어머니는 일제강점기에 초등학교를 다녔다고 한다. 1945년 국제적 상황은 태평양전쟁으로 미국이 일본에 원자탄을 투하하여 일본의 전세가 불리해지고 일본 본토에 미군 공습이 일어나 무수한 민간인 희생자가 발생했다. 그 여파로 일본에는 도시주민들이 미군 폭력을 피해 시골에 분산 피난시키는 일명 '소까이疎開 (전쟁 중 마을을 적성지역으로 간주해서 전소시키는 작전)'가 있었다. 어머니 기억에는 그 당시 부산에도 원자폭탄이 떨어질 수 있다는 불안감에 많은 사람들이 시골로 피난을 갔다고 한다. 둘째 형부가 당시 청도역장이라 기차를 타고 언니가 있는 청도로 가족들과 함께 잠시 피난을 갔던 기억이 있다고 한다.

불안했던 전시상황이 지나고 1945년 우리나라가 일제 강점에서 해방된 것은 어머니가 중학생이 되던 해였다. 중학교 시절에는 합창단에 들어가 노래도 하고 합창대회에서 상도 받았다고 한다. 그리고 친구들과 용두산에 올라가서 사진도 찍고 친구들과 어울려서 즐겁게 학교를 다녔던 것이 가장 기억에 남는다고 한다.

사범고등학교를 졸업 한 그는 선생님이 되는 것이 꿈이었다고 한다. 교편생활을 위해 어머니는 항상 자기관리를 철저하게 했다. 168cm가 훌쩍 넘는 큰 키와 여성스럽고 수려한 외모를 지닌 어머니는 항상 꼿꼿하게 정자세를 유지하며 품위를 지키는 것을 중요하게 여겼다. 고령에 나이에도 불구하고 어머니는 집에 있을 때나 외출을 나갈 때나 아무렇게나 옷을 입는 법이 없었다. 또 항상 머리손질은 집에서 직접 웨이브를 감아서 말아 올려 단정한 헤어스타일을 늘 유지하였다. 머리부터 발끝까지 흐트러짐 하나 없는 어머니는 철저한 자기관리가 몸에 배어 있었다.

결혼과 자녀의 발병 이전까지의 삶 : 캄캄하고 아득했던 날들

고등학교 졸업 후 교직생활을 하다가 학교에서 남편을 만나 결혼을 했다. 결혼 후 1년이 채 안 되어 큰 아들을 임신했고 6개월 후 퇴사를 하게 되었다. 당시에는 출산휴직이 없었기에 임신을 하면 자연스럽게 퇴사를 해야 했다고 한다. 그래도 남편이 중학교에서 교편을 잡고 있어 어머니는 아이들을 키우면서 가정주부로서 가정을 돌보았다.

그런데 막내아들이 4살 무렵 남편이 동료선생님들과 식사하고 술 한잔 하다 늦게 퇴근하는 길에 횡단보도에서 버스에 치이는 큰 사고가 났다. 사고 소식을 듣고 정신없이 달려가 병원에 도착하니 이미 남편은 수술을 받고 있었다. 그러나 이미 작은 병원에서 수술이 어려워 큰 병원으로 옮겨서 수술을 받은 터라 피를 너무 많이 흘렸고 결국 자정을 넘기지 못하고 세상을 떠나셨다고 한다. 아이 셋을 두고 떠난 남편, 그리고 앞으로 살아갈 날들에 대한 막막함에 어머니는 정신이 혼미해졌다.

"남편 죽고 이제 앞으로 어떻게 살아가야 할지 너무 막막한 거라. 애 셋을 데리고 그 한 해 시어머니 돌아가셨제 우리 큰 어머니, 동서, 우리 남편 줄줄이 초상이였어. 한 해 내가 5번 초상을 쳤으니깐 당시 내가 살아있는 건지 죽은 건지조차 생각이 안 날 정도로 너무 충격이 컸어. 우리 큰애가 초등학교 3학년, 둘째가 7살, 막내가 4살 이래 어린 것들을 두고 내가 혼자 살아가야 했는데 그냥 앞이 캄캄하고 아득했지."

우리는 살아가면서 수많은 환경의 변화에 놓이게 된다. 그러한 환경 변화를 자극이라고 한다면 그 자극을 받아들이는 것은 사람에 따라 차이가 있다. 똑같은 강도의 스트레스를 받아도 어떤 사람은 그 스트레스에 적응을 하고 어떤 사람에게는 병적인 증상으로 변하기도 한다. 일상생활에서 우리에게 가장 스트레스를 일으키는 인생위기 단위(LCU) 43가지를 연구한 결과 가장 높은 강도가 배우자의 사망이라고 한다. 어머니는 어릴 적 부유한 환경에서 막내 딸로 자라 평탄한 삶을 살아왔기에 갑자기 불어닥친 인생의 위기를 감당하기가 어려웠다.

"아이 키운다고 그만둔 학교에 다시 복직을 할라니깐 시골로 가라고 하는 기라. 부산시는 안 되고 그때는 부부교사만 자리가 있으면 넣어주고 그랬지. 그런데 애 셋을 데리고 내가 시골로 도저히 갈 자신이 없었어. 시어머니가 애를 봐주겠어요? 친정어머니가 봐주겠어요? 우리 친정어머니는 내가 결혼하기 일주일 전에 돌아가셨고 시어머니도 돌아가셨제 아무도 도와줄 사람이 없는 기라. 그게 너무너무 힘들었지."

자식을 눈앞에 두고 굶어죽을 수는 없기에 어머니는 정신을 차리고 살아갈 방법을 찾기 시작했다. 처음에는 보험회사, 여관, 방에 세도 놓아보고 할 수 있는 것은 다했다고 한다. 하지만 아이들 교육 때문에 미용실을 운영하면서 자식들을 키워냈다.

"지금도 내가 시골에 가서 복직을 안 한 게 후회는 되는데 그래도 내가 갈 수는 없는 기라. 미용실 자격증이 있으면 그때 5만 원을 줬는데 처음에는 미용사 월급 주면서 하다가 나중에는 내가 자격을 따서 하니깐 5만 원은 안 나가게 되더라고. 내가 32살에 남편 잃고 혼자 되어 37살에 미장원 일을 시작해서 53살까지 했으니깐 25년 정도 일했지."

엎친 데 덮친 격으로 막내아들이 5살 때 동네 친구들과 놀다가 옥상에서 떨어져 머리를 크게 다치면서 왼쪽을 전혀 쓰지 못하는 신체장애가 되었다. 어린 자녀를 잘 돌보지 못한 죄책감을 늘 가슴에 묻고 어머니는 그래도 자녀들 공부는 시켜야 한다는 의무감에 더욱 강해져야만 했다.

"그 당시에 애 아빠 그렇게 되었지. 아들 갑자기 저렇게 되었지. 다 내 잘못이지. 옥상에서 널쪄가 반신마비가 되었지. 너무 힘들었지만 내가 아이들 공부는 시켜야겠다는 일념으로 견뎠지. 내가 할 수 있는 건 다했어요. 남편 돌아가실 때 위자료 받은 걸로 30평 되는 땅을 사서 내가 집을 짓고 가게도 하고 하숙도 쳐서 큰애는 돈 벌고 둘째는 대학 다니고 할 때까지 내 혼자 아이 셋을 키웠어. 내 딴엔 자식들 엇나가지 않게 키운다고 엄하게 키웠지."

자녀의 발병과 그 이후의 삶 : 절벽에 서다

열손가락 깨물어서 안 아픈 손가락은 없지만 그중에서도 어머니에게 가장 아픈 손가락은 막내아들이었다. 아들의 장애는 어머니에게 또 다른 슬픔이자 마음의 짐이었다. 잘 걷지 못하는 아들을 위해 엄마가 늘 발이 되어 데려다주었다고 한다. 걷기 힘들다고 지속적인 연습을 하지 않으면 영영 걷지 못할 것 같아 어머니는 재활

운동 대신 신문배달 사장님께 하소연을 해서 매일 신문을 돌리는 신문배달을 시켰다고 한다. 처음에는 잘 걷지를 못하더니 나중에는 신문을 50부, 100부, 150부 돌리며 잘 걷게 되었다고 한다. 힘든 시간을 견디며 겨우 중학교를 졸업하고 일자리를 알아보러 다니는 아들이 점점 이상한 행동을 보였다.

언젠가는 맑게 갠 하늘이 올 거라는 기대와 달리 강한 태풍이 몰아쳐 모든 것을 앗아간 현실은 막막하기만 했다. 마치 모든 것이 꿈만 같고 이제는 어떻게 해야 할지 절망 속에 내던져진 것 같았다.

"그런 아들에게 또 갑자기 정신분열증이 왔어요. 처음에는 계속 2층 집에 올라가서 혼자서 서 있거나 혼자서 손짓을 하길래 이상하다고 생각했는데 그게 계속 반복되는 거라요. 그래서 '니 와그라노?' 하니 '누가 자꾸 나를 잡아댕긴다. 그리고 윗층에서 내보고 자꾸 올라오라 한다. 남자 깡패 세 명이 위층에서 내보고 자꾸 올라오라 한다'라며 2층에 자꾸 올라가는 기라. 그래서 뭔가 이상하다는 것을 느끼고 병원에 데려가서 입원을 시켰죠. 그저 앞이 캄캄했죠. 어릴 때 옥상에서 떨어져 뇌손상이 있어 놓으니 이런 병이 오는구나 하는 생각이 들더라구요. 하늘이 원망스럽고 절벽에 선 기분이죠. 그 당시 내 심정은 말로 못해요(한숨). 우리 막내아들만 생각하며 너무 마음이 아파요. 어릴 때 머리만 안 다쳤어도…."

모든 병이 그렇겠지만 정신병은 더더욱 부모에게는 말로 표현할 수 없는 고통이었으리라. 입원해 있는 아들을 찾아가는 그 길은 눈물과 아픔이 시간이었다. 남편의 죽음으로 인생에서의 큰 위기를 겪은 어머니에겐 남편보다 아들의 사고 그리고 정신병으로 인해 변해버린 아들의 모습을 바라보는 것이 더 깊은 고통이었으리라.

그래도 어머니는 강했다. 원망과 절망감보다는 치료를 위해 최선을 다했다. 6개월 입원치료를 받고 퇴원 후 주치의의 소개로 재활시설을 알게 되었다. 당시에는 지역사회에 퇴원 후 재활훈련을 받을 수 있는 시설이 전국에 많이 없었고 부산에도 S기관이 유일한 사회복귀시설이었다. 사회복귀시설은 정신과 치료를 받고 약물을 복용 중인 회원이 낮동안 사회기술훈련 및 일상생활훈련, 직업재활훈련을 통해 지역사회에서 재발하지 않고 재활 및 자립할 수 있도록 다양한 서비스를 지원하는 곳이다. 어머니는 아들이 20년 가까이 사회복귀시설을 다니면서 스스로 일상생활도 할 수 있게 되고 증상관리도 잘 되어 재발도 하지 않게 되었다는 것에 더 바랄게 없다고 한다.

"우리 아들은 지금까지 재발을 딱 1번 했어. 그때도 내가 병원에 데리고 갔지. 그때 3개월 입원하고 나서는 계속 괜찮아. 나도 약을 더 잘 챙겨서 먹이고 하지. 그때는 나도 약물관리를 잘 안 했고 그냥 먹는갑다 싶어서 놔뒀는데 병이 심해진 이후로는 꼭 확인을 위해서 아들에게 약 봉지를 꼭 식탁 위에 올려놓고 가라고 하지. 그렇게 하고 나니깐 한 번도 빠뜨린 적 없어.

그리고 S기관에 다니는 게 정말 도움이 많이 됐지. 왔다 갔다 하면서 운동도 되고 그래 놓으니깐 이전에는 걷는 게 불편하더니 지금은 잘 걸어다니지. 그리고 지 양말이랑 속옷도 꼭 빨아서 널어놓고 청소도 하고 그래. 제일 좋아진 게 지가 할 일을 한다는 거야. 그리고 그저 재발 안 하고 S기관 잘 다니는 걸로 만족하지. 뭘 더 바라겠어."

절벽과도 같은 상황에서도 어머니는 삶의 끈을 놓지 않고 버티어왔다. 그리고 어머니를 일으켜 세운 것은 세 아들이었다. 자식 앞에 부모는 위대해진다고 한다. 하지만 20년이 넘는 세월동안 아들을 돌보며 때로는 걱정과 불안 때로는 화, 원망, 간절함, 절망감이라는 다양한 감정의 소용돌이 속에 그동안 꾹 눌러왔던 힘듦이 수면 위로 드러나면서 어머니는 마음의 병을 얻었다.

"한번은 아침에 자고 일어나서 작은방에서 기도를 하고 있는데 울음이 막 나고 너무너무 힘든 거라. 그래 가지고 누가 병원에 가봐라 해서 갔더니 우울증이라고 하대요. 그래서 지금까지 우울증 약을 먹고 있어요. 밤에 약을 안 먹으면 못 자요. 우울증이 오니깐 모든 게 다 힘들고 기운이 없어. 그래도 살아야 하니깐 기도도 하고 운동도 하면서 조금 좋아지고 있어요."

늘 흐트러짐 없는 꼿꼿한 자세와 본인관리에 철저한 어머니는 너무 자신을 몰아세워서인지 신체적으로나 정신적으로 이제는 많이 지쳐 있었다. 그러나 그마저도 삶에 위안이 되고 힘이 되는 것은 자녀가 옆에 있다는 것과 자신이 아직은 살아있어 아들을 돌볼수 있다는 사실이라고 한다.

"이전에는 아들을 보면 그저 답답한 마음이 많았죠. 하지만 어쨌든 마음을 밝게 먹어야지 하고 생각해요. 저 정도만 되어도 괜찮으니깐 더 이상은 나쁜 일이 없었으면 좋겠다 그 생각뿐이지. 그리고 내 옆에서 항상 내 걱정해주고 말 동무 되어주고 옆에 있는 것만으로 감사하죠. 앞으로 내가 살아있는 동안은 아들의 버팀목이 되고 내가 하루라도 아들보다 오래 살았으면 하는 바람뿐이지. (중략) 우리 아들이 지난주에 교회 주보에 시를 써서 냈더라고 난 몰랐어. 근데 사람들이 알아보고는 우리 아들에게 시를 잘 썼다고 하는 거라. 그래 보니깐 우리 아들이 쓴 시가 주보에 있는 걸 보고 눈물이 나더라고 우리 아들이 이런 글재주가 있었나 싶고 그저 고맙더라고."

약속하신 말씀

김○원

참으로 그립기도 하여라
주님의 고쳐주마라고 약속하신 말씀이
귓전에 생생하다
그나마 떨리는 내 손을 잡아주신
주님의 손이 그리도 따스하여라

참지 말고 기도하라
여럿이 있는 자리엔 함께하겠노라
약속하신 그 자리에서
뜨거운 입김 묻힌 창가에
태양이 다시 떠오를 때까지

*2014년 교회 주보에 실린 김영희 어머니 아들의 자작시

지금 현재의 삶 : 인생의 계절

어머니는 작년 가을 아파트를 온통 붉게 물든 단풍잎이 바람에
실려 떨어지는 것을 보며 인생의 덧없음을 느끼게 되었다고 한다.

220

낙엽은 떨어지면 겨울이 지나 또다시 봄을 맞이하고 잎이 자라겠지만 인생은 한 번뿐이라는 사실이 슬펐다고 한다. 그 말을 들으며 올해로 여든이 넘은 자신의 인생의 계절은 '지금 어디쯤에 왔을까?' 생각했다. 쇠약해진 자신을 바라보며 혼자 남겨질 아들에 대한 걱정으로 단 하루라도 내가 아들보다 더 오래 사는 것이 마지막 소원이라는 어머니의 말을 들으니 가슴이 먹먹해져 왔다.

제 앞가림 못하는 막내아들이 혼자서 어떻게 살아갈 것인가에 대한 염려와 불안이 한평생 어머니의 마음의 숙제였음이 느껴졌다. 그 숙제를 조금은 내려놓았으면 하는 마음에 아들의 독립을 위해 지원도 연계하고 독립생활을 위한 준비를 함께할 수 있도록 권유도 몇 번 했지만 어머니는 그 문제는 나중에 하겠다고 계속 거부하셨다. 어쩌면 아들이 그렇게 된 것이 자신의 죄책감이라 생각하여 아들에게 엄마의 역할을 끝까지 해야 한다는 것이 아들이 스스로 자신의 삶을 살아갈 수 있는 걸림돌이 되는지도 모른다는 생각이 들었다.

"내가 죽고 나면 아들을 어떡하나 하는 생각이 제일 큰 걱정이죠. 저거 형이 좀 돌봐주기는 하겠지 그래도 내가 바라는 건 형이 좀 데리고 살아줬으면 하죠. 또 한편으로는 저거도 부담이 될 건데 하는 걱정도 되고. 내가 아들보다 딱 하루만이라도 더 살다가 죽으면 좋겠는데 그게 맘처럼 되지를 않으니…. 그러니 우리 아들을 누가 봐주겠어요. 큰아들이 퇴직하고 이 집에서 같이 살길 나는 바라지. 나는 그렇게 되면 좋겠어요."

김영희 어머니처럼 아들의 돌봄경험이 20년이 넘는 어머니들은 부모 사후에 자녀를 누가 돌봐줄 것인가에 대한 고민이 가장 많다. 어머니의 바람대로 형제. 자매가 아픈 자녀를 돌봐주면 좋겠지만 현실적으로 부모만큼 형제. 자매가 그 짐을 지는 경우는 많지 않다. 그렇기 때문에 지역사회에서는 정신장애인의 독립을 가족들이 부담지는 것이 아니라 지역사회에서 함께 풀어야 할 문제라고 인식한다. 하지만 정신장애인 가족들이 가지고 있는 생각을 변화시키는 것도 중요하지만 지역사회에 그러한 환경이 마련되어 있지 않다보니 사회복지사로서의 역할에 대한 갈등도 있다.

지역사회에서 정신장애인을 위해 제공되는 정신재활시설에는 서비스 유형에 따라 출퇴근을 하며 사회재활, 독립생활의 서비스를 제공하는 이용시설과 숙식이 가능한 입소시설, 그리고 저녁에만 이용하는 주거시설도 있다. 하지만 현재 부산에 있는 정신재활시설 12개 중 입소시설은 2곳, 주거시설도 남자, 여자 포함 2곳이 전부인 상황이다.

그러다 보니 건강하게 지역에서 살아가기 위해서 지역에서 독립생활을 할 수 있도록 지원하고 이에 대한 힘을 키우는 것이 우리가 하는 일이지만 실제로 부모님 사후에 갈 곳이 없다. 결국 자녀의 돌봄이 여전히 가족들의 숙제로 돌아가는 경우가 현실이다. 때문에 지역에서는 정신장애인의 주거서비스를 받을 수 있는 주거 및 복지제도 서비스에 관한 정책적 지원과 사회의 인식의 필요성을 위해 당사자, 가족, 실천가들이 함께 목소리를 높이고 있다.

"우리 아들도 주거시설인가 뭔가 하는 곳이 있으면 거기에 가면 좋겠는데 시설이 그렇게 적다고 하니 걱정이지. 아들이 20년 전에 사회복귀시설 다닐 때 S기관 1개였는데 세월이 많이 흘렀는데도 12개밖에 없다고 하고 재워주고 먹여주는 곳은 또 몇 개 안 된다고 하니 걱정이지. 나라에서 그런 걸 많이 만들어주면 좋겠어."

어머니는 평소에도 가족교육이나 모임에는 누구보다도 적극적으로 참여한다. 2014년부터 시작된 가족사업에도 어머니는 가장 나이가 많았지만 매 시간 빠지지 않고 참여하는 열정을 보였고, S기관 운영위원 가족대표로도 오랫동안 참여하셨다. 젊은 시절 배움에 대한 열의가 있었고 또 자식들 교육에도 늘 신경을 썼던 어머니의 다른 가족들에게도 인생의 선배로서 자신의 삶을 나누는 것을 즐겨하셨다.

"내가 몸이 안 좋아도 가족모임이나 교육에는 가급적 안 빠지려고 노력해요. 부모들이 다 같은 입장이니깐 서로가 이해가 되고 또 배우고 오면 힘이 나고 그래서 참 좋아요."

그런데 2015년 가을부터 어머니는 조금씩 변해가셨다. 약속한 교육시간에 오시지 않아 전화를 드리면 시간과 날짜의 기억을 조금씩 틀리게 하고 계셨다. 그리고 한번은 교회에서 야유회를 다녀왔다고 하신 어머니 얼굴 전체가 화상을 입은 것처럼 피부가 빨갛게 되어 병원을 가기를 권유했지만 결코 병원을 가지 않으려고 하셔서 걱정이 되기 시작했다.

얼마 전 어머니가 국을 올려놓고 가스불을 끄지 않아 냄비가 다 타서 불이 날 뻔했다는 아들의 이야기를 들으니 가슴이 철컹했다. 어쩌면 어머니에게 큰 병이 온 건 아닌가 싶어 보호자에게 연락을 했고 어머니가 우울증으로 외래를 다니고 있는 병원 주치의에게도 어머니의 상태를 알렸다.

가까운 병원에서 검사를 한 결과 어머니가 경도인지장애 진단을 받게 되었다. 기억력이 점점 떨어지고 시간과 날짜의 개념이 없어진다고 한다. 식사량도 줄어들어서인지 이전에 비해 몸이 더 야위어 가는 어머니를 바라보는 마음이 아파왔다.

평소 아들 걱정에 맘 편히 쉬지 못한 어머니는 너무나 많은 생각이 뒤엉켜서인지 현재의 기억이 점점 희미해지는 것 같았다. 아들도 그런 어머니가 걱정이 되었는지 가정방문을 부탁하였다.

전문적인 서비스를 위해 인근 보건소 방문간호사를 연계하여 2

주에 한번 어머니 건강 체크를 하고 담당 사례관리자도 월 1회 가정방문을 가서 어머니의 건강과 아들의 생활에 어려움이 없는지 살펴보고 있다. 얼마전 방 바닥의 장판이 떨어져 임시방편으로 매트를 깔 수 있게 도와달라는 아들의 부탁에 집을 들렀다.

오랜만에 뵌 어머니는 기력이 없으신지 방에 누워서 인기척이 들려도 나와 보지 않으셨다. 인사를 드리자 나의 얼굴을 한참을 빤히 쳐다만 보시더니 다시 자리에 누우셨다. 이제는 사람을 알아보지도 못하는 건가라는 걱정이 앞섰다. 아들의 방에 매트를 깔기 위해 물건을 옮기고 땀을 뻘뻘 흘리며 대청소를 했다. 그리고 깨끗하게 장판을 깔고 나자 아들 방이 좋아져서 기분이 좋으셨는지 '고맙다'는 말을 힘겹게 건네셨다. 나는 어머니의 야윈 손을 꼭 잡고 "어머니 건강하세요. 식사도 잘 챙겨 드시고요"라며 어머니를 바라보았다. 그때 어머니 뒤편으로 빛바랜 흰 모시한복에 눈이 갔다. 4년 전 가족사업을 시작하기 위해 어머니를 찾아뵈었을 때 어머니의 마지막 소원 이야기가 떠올랐다.

"나의 가장 큰 소원이 있다면 아들보다 하루라도 늦게 눈을 감는 거예요. 그래도 내가 지보다 나이가 있으니깐 그러지 못하겠지. 내가 언제 갈지 모르니 작은 방에 흰 모시한복을 걸어둬요. 그리고 내가 혹시라도 오늘 밤에 하나님이 나를 데려가시면 어쩌나 해서 날마다 자기 전에 기도해요. 우리 아들보다 하루라도 더 살다가 갈 수 있게 해달라고."

그때는 그 말이 그저 하는 말이라 생각했는데 어머니의 마지막 소원이 이루어질 날이 멀지 않았다는 생각에 가슴이 먹먹해졌다.

돌아오는 길에 어머니의 인생의 계절을 그려보았다. 추운 겨울을 이겨내는 겨울나무를 가만히 바라다보면 겨울의 일이 무엇인지 깨우칠 수 있다. 겨울나무는 군더더기 없이 오롯이 생명의 본질만 남기고 당당한 자세로 우뚝 서 내면으로 묵묵히 생명을 기르며 긴 긴 겨울을 견딘다. 희망의 씨앗을 가슴속 깊이 품고 있는 겨울나무에서 어머니의 모습이 그려졌다. 어머니는 차가운 바람의 고통과 시련을 견디어 꽃 피는 봄을 맞이하기 위해 봄을 품은 겨울의 여정을 걷고 있었다.

어머니의 삶을 통해 내리사랑의 진정한 의미를 되새겨본다. 그 무엇도 부모의 사랑을 대신할 수 있는 것은 이 세상에 없을 것이다. 그리고 그 사랑을 자식에게 주는 엄마의 존재를 다시금 떠올려보았다. 아무리 부족해도 부모는 자식에게 좋은 것을 주고 싶어 하는 마음은 같을 것이다. 다만 표현이 서툴고 부족해서 그 마음을 다 헤아리지 못하는 것이 자식의 입장이리라. 어머니도 그랬다. 늘 아들걱정으로 한평생 살아왔지만 아들 앞에서는 좋은 소리보다 잔소리만 하시던 그 모습도 자식에 대한 사랑이었음이 느껴진다.

나도 어릴 때는 부모의 마음을 몰랐다. 하지만 나이가 들면서 어머니들의 삶을 함께 거닐면서 그 단단함 속에 있는 여리고 포근함을 볼 수 있게 되었다. 부모에게 자식은 살아가는 이유이다. 자신을 희생해서라도 좋은 것을 주고 싶어 하는 그 부모의 깊은 사랑을 자식이 이해할 수 있는 날이 오기까지 어머니는 봄을 품은 겨울나무처럼 늘 그 자리에 서 있으리라.

봄의 향연이 끝나고, 짙은 녹음의 계절이 지나간 자리에 황금빛이 내려앉는다. 해질 무렵 뒷산에서 홍시 익어가는 냄새가 가을바람에 실려 날아온다. 바람이 지나가는 자리마다 숲속 음악회가 열린다. 오동나무, 감나무, 잣나무, 대나무가 일제히 잎을 흔들며 내는 바스락 소리에 풀벌레가 장단을 맞춰 쉼없이 연주를 시작한다. 채워져가는 둥근달 빛 아래 서서 가만히 눈을 감고 그 길을 걸으면 음악과 향기에 취해 몸도 마음도 쉼을 얻는다. 가을이 깊어가는 것만큼 내 마음도 더욱 진한 향기를 품어낸다.

계절도 때를 따라 변화할 때 성장의 기쁨을 누릴 수 있는 것처럼 인생에도 때를 기다리며 인내하는 삶에 더 값진 것을 얻게 된다. 때를 기다리지 않고 쉽게 얻는 것을 사람들은 행운이라 말하기도 하지만 오히려 그것이 때론 불행과 실패의 씨앗이 되기도 한다. 반대로 어렵게 얻는 것을 고생이라고 하지만 오히려 그것이 더 큰 행복과 기쁨을 오래 안겨줄 수 있다.

사랑도 사람도 재물도 쉽게 얻는 것은 빨리 사라진다. 쉽게 얻고자 할 때 우리는 실패를 경험할 수도, 건강을 잃을 수도 그리고 재산을 날릴 수도 있다. 그렇기에 반드시 때가 올 거라는 믿음, 변화할 수 있다는 확신과 인내, 소망의 씨앗을 마음속에 단단히 붙들고 뿌리를 내리며 묵묵히 때를 기다리는 것이 삶에 중요한 진리이다.

숲도 마찬가지다. 단 하나가 뿌려져도 열이 되고, 열이 모여 백이 되고 천이 되는 것이 씨앗이다. 결국 작은 씨앗 하나가 큰 숲을 이루게 된다. 무슨 일이든 뿌리를 내릴 때까지가 어렵지 뿌리를 내리면 그다음부터는 순탄해지게 마련이다. 키도 자라고 잎새도 무성해져서 큰 그늘도 생긴다.

기적은 아주 작은 것에서부터 시작된다. 마치 '나비효과'처럼 말이다. 눈에 보이는 것보다 보이지 않는 것을 중요하게 여기고 그것을 믿고 기다리는 것. 화려하고 거창한 큰일보다 작은 씨앗에 숨겨진 놀라운 비밀을 깨닫는 일. 그것이 바로 인생이다. 4년간 어머니들의 만남을 이어오면서 엄마라는 존재에 대해 생각해보았다. 그리고 대지의 여신인 데메테르의 이야기가 떠올랐다.

그리스 신화에 나오는 대지의 여신 데메테르는 외동딸 페르세포네를 저승의 신 하데스에게 납치당하게 된다. 그리고 딸을 잃은 슬픔에 온 땅을 돌아다니며 찾아나선다. 간절한 데메테르의 기다림으로 지하세계에서 납치된 페르세포네는 대지로 돌아왔지만 지하에서 음식을 먹은 댓가로 일 년의 반을 땅 밑에서 보내고 나머지 반만 자신과 보낼 수 있게 되었다.

그 슬픔이 너무 컸지만 그래도 봄이면 딸이 돌아온다는 희망과 기대로 딸이 없는 겨울을 견딜 수 있게 되었다. '썩다', '빛나다'의 뜻을 가진 페르세포네의 이름처럼 그녀는 '썩음으로 빛나는 씨앗'의 모습으로 땅에서 다시 올 봄을 기다렸고 데메테르 역시 봄과 함께 돌아올 딸에 대한 희망과 기대로 긴 겨울을 참고 견딜 수 있게 된다.

페르세포네의 납치사건처럼 정신장애 자녀를 둔 어머니들은 어느 날 갑자기 자녀의 발병으로 모든 것을 잃어버리고 자녀를 잃은 슬픔과 고통 속에서 삶의 절벽에 선다. 10년 이상 자녀 돌봄의 기간은 결코 쉬운 일이 아니다. 하지만 현실을 받아들이며 삶을 수용할 때 비로소 '비움으로 채워지는 삶'을 살아가게 되었다고 한다. 정신장애자녀를 둔 부모의 사랑과 희생이 땅 속에 뜨거운 심장으로 묻혀 추운 겨울을 이겨내고 따뜻하고 빛나는 봄을 품는 그들의 삶은 생명을 품은 숲이다.

처음 어머니들이 그동안 들려준 수많은 이야기가 책으로 엮어진다는 말에 어떤 어머니는 부담스러워하기도 했다. 자신이 알려지는 것에 대한 두려움도 있다고 했다. 하지만 글이 완성되고 나서 작성된 원고를 한자 한자 읊으며 눈물을 훔치기도 하고 자신의 삶을 누군가가 정리해서 기록해주었다는 사실에 감사의 인사를 건네기도 했다.

쉽지 않은 결정이지만 그들의 삶이 누군가에게는 희망과 회복으로 다가올 수 있음을 믿었기에 결과물은 좋고 나쁨을 떠나 시도한 그 자체로 의미 있는 경험이었다. 나 역시 어머니들 한 분 한 분의 삶의 여정을 함께 걸으며 그 속에 나의 삶을 비춰보게 되었고, 내가 깨닫고 변화해야 할 삶의 과제와 나아갈 길을 더욱 뚜렷하게 볼 수 있었다. 그리고 인생의 숲을 거닐면서 나 자신을 사랑하는 법을 배우고 타인을 있는 그대로 바라보는 눈과 귀가 열렸다.

누구에게나 오르막과 내리막이 있다. 길을 마주할 때 오르막길에서는 조급함을 버리고 겸손하게, 내리막길에서는 더 큰 기대와 믿음을 가지고 희망차게 걷는 것이 인생을 살아가는 지혜이다. 인생에 놓여진 수많은 길을 걸어갈 때 길을 대하는 우리의 자세가 인생을 변화시키고 위대한 삶을 만들어낼 것이다.

오늘도 꿈과 희망의 노랫소리에 맞춰 인생의 숲을 거닌다.